マドンナメイト文庫

先生は、保健室で待っている。

睦月影郎

JN119693

目次

contents

先生は、保健室で待っている。

第一章　若返って好き放題に

1

（そろそろ断捨離、というより終活しないとな……）

竜児《りゅうじ》は、痛む腰をさすりながら室内を見回した。

築五十年、自分の肉体とともに、この家もそろそろガタが来ている。

妻は先年病死し、二人の息子も独立して家庭を持っていた。たまに孫を連れて遊びに来るが、遺産など、このボロ家と三十坪の土地だけだから、あとは自分が死ねば、二人の息子が家と土地を処分するだけだろう。

辰宮《たつみや》竜児は六十七歳の楽隠居、と言えば聞こえがいいが、ただの無職だ。

まだまだ気力はあるが、半年前のギックリ腰が治らず遠出も出来ず、亡父が建てたこの古い家で、両親や亡妻の位牌とともに一人暮らしをしていた。

それでも壁には、空手五段の免状が掛けられている。腰をやる前までは近所の道場で子供たち相手に教えていたが、もう道着を着ることもない。

思えば平凡な人生だった。シャイでネクラで女性にモテず、勉強はまあまあだったがスポーツはダメ。初体験は大学時代の風俗で、近所の道場で空手を習い始めたのは二十歳になってからだ。

職場結婚で、素人女性は妻しか知らない。

何とか教材の会社に就職して生涯を捧げ、退職して二年だ。

今の趣味は読書のみ。この自室も二階の各部屋も、全て何万冊という蔵書があるばかりである。

父の血を引いたか、雑誌も新聞も捨てることがない。本来は作家志望だったから、いつか何かの資料で役に立つかと思い、全て取ってあるのだ。しかも乱雑ではなく、それなりに分類されている。

(まあ、俺が死ねば全てただのゴミだ)

竜児は思い、それよりは動けるうちに整理をし、古本屋でも呼んで金になるものは処分しようと思った。

どうせ気楽な一人で暇になったのだから、投稿小説でも書けば良いのだが、もう話を組み立てる才能もないので、出来るのは片付けだけである。

竜児は壁の前に積まれた古新聞や雑誌類をまとめ、ビニール紐で束ねはじめた。

そして壁の一つが片付けられると、そこは壁ではなくドアになっていた。

(あ、そうだ、この向こうに高校時代の勉強部屋があったんだ)

竜児は思い出した。

そう、このドアの向こうに六畳の洋間があり、高校時代はそこで過ごしていたのである。

しかし大学時代に竜児が運転免許を取ったのを機に、部屋を潰して駐車場にしたのだ。

その免許証も、返納して一年になった。

ドアはノブのポッチを押して施錠するもので、外は駐車場だ。竜児はノブを回して解錠し、片手に古新聞の束を抱えながら、外の空気を入れようと何十年ぶりにドアを開け放った。

見ると下はコンクリート、車はなく周囲には雑草が生え、錆び付いた鉄柵で閉ざされている。

と、そのとき竜児はふと目眩《めまい》を感じ、外へ落ちそうになった。

床の高さの分だから、ほんの数十センチだが、飛び降りようとしても腰が痛んで思うようにならず、そのまま落下してしまったのだった。

「うわ……！」

竜児は声を洩らし、背後でドアの閉まる音を聞きながら衝撃に備えたが、ふと目を開けると彼はカーペットの上に膝を突いていた。

「え……？」

気づいて見回すと、そこは六畳の洋間。窓際にベッド、そして学習机に本棚、壁には長い楊枝をくわえた木枯らし紋次郎とアグネス・チャンのポスター、やけに懐かしい部屋ではないか。

「こ、ここは、高校時代の俺の部屋……？」

思わず呟いて立ち上がると、やけに身体が軽くて腰は痛まず、しかも自分の声も張りがあるではないか。

壁のカレンダーを見ると、昭和四十八年（一九七三）、十一月とある。

「うわ、まさか……！」

竜児は声を洩らし、自分の顔を触った。髪はすっかり後退していたはずなのに前髪があり、出ていた腹もすっきり引っ込んでいるではないか。

慌てて机にあった鏡を手にして見ると、何と、若い自分がそこに居たのだ。

「これは夢だ……」

竜児は若返った自分の顔を見て、体を探ったが実に軽やかで若い力が漲っている。

しかも、室内の壁も天井も、新品のようだ。

昭和四十八年というと、竜児が高校二年生の十七歳、家を新築し、近所のアパートから越してきたばかりの頃である。

服装はシャツにジーンズ、もちろんエアコンなどはなく、壁には黒い詰め襟の学生服が吊り下げられていた。

(こ、ここは五十年前の世界……?)

竜児は思い、いくら頬をつねっても痛いばかりだった。

時間は午後四時過ぎ、両親共稼ぎで一人っ子なので、六時頃まではいつも一人きりである。

他の部屋も見てみようと、彼は恐る恐る締まったドアノブに手をかけた。

気づくと、床に何通かの古新聞が散乱している。見ると、父が買っていた旧いスポーツ新聞だが、どうやら移動した際に未来から持ってきてしまったらしい。

とにかく、恐る恐るドアを開けると、もうそこは雑誌も書籍もなく、単なる和室で箪笥と座卓があるだけだった。その部屋を出るとリビングとキッチン、家具調の木製テレビはブラウン管式で、流しの湯沸かし器は旧式だが真新しかった。バストイレを覗いてみると風呂釜はクランクをカチンと回して点火する方式、タイル張りのトイレもシャワー付きではなく、単なる一段高くなった和式水洗だった。

どこも新築の匂いがし、二階へ上がってみると両親の寝室と父の書斎にベランダ、外の風景もビルなどはあまり目立たず、向こうの方にボーリング場のピンが立っているのが見えた。

階下に降り、リビングのテレビを点けて新聞を見ると、首相は田中角栄、ヒット曲は『喝采』『なみだの操』、売れてる本は『日本沈没』『箱男』、世相は、コインロッカーベビーに石油ショック、シルバーシート登場、テレビ欄は『アイフル大作戦』『助け人、走る』など。

どうやら、本当にここは五十年前の世界で、自分は十七歳の肉体を手に入れたようだった。しかも五十年後の未来の記憶を持ったまま。

竜児は、「三分間待つのだぞ」というＣＭの流れているテレビを消し、高校時代の自室に戻った。

自分の本棚を見ると、夏目、川端、三島などの文庫本と、英数の参考書などが並んでいた。少年マガジンがあったので開いて見ると、『愛と誠』『三つ目が通る』『おれは鉄兵』などが連載されていた。

竜児は、もう一度五十年を生きるのは少し面倒な気がしたが、それ以上に、第二の人生という希望が湧いてきた。

今回は二度目だから、もっと良い大学に入れるかもしれないし、社では部長職まで勤めたのだから引っ込み思案も解消し、奔放に生きられることだろう。

空手の技も体が記憶しているし、先のこともある程度分かるので、モテるようになるかもしれない。

だから、また五十年後に戻ってしまわないよう、勉強部屋と和室の境のドアを閉めないようにし、開けたままフックで固定したのだった。

未来では、急に自分が行方不明になり、いずれ大騒ぎになるかもしれないが、すんだ過去のことではなく、これから起きる未来のことなのだから放っといても構わないだろう。

やがて日が暮れ、母と父が順々に帰ってきた。

両親とも、まだ四十代前半の若さである。竜児は久々に両親と夕食を囲んで感無量だった。新築した家のローンもあるので、オカズはアジフライにおひたしと質素だが六十七歳の未来では一人で冷凍物ばかりだったから実に旨かった。

父、道明《みちあき》と一緒にビールか酒を飲みたかったが、もちろん高校を出るまで父は許してくれなかったので我慢した。

「学校はどうだ」

道明が、食後のハイライトを吹かしながら訊いてきた。

「ええ、何とか頑張ってます」

竜児は、彼の実際の年齢より二回りも年下の父親に答えた。

「え？」

急に敬語で話したので道明は目を丸くしたが、少し話しただけで彼は煙草を消して二階に引き上げてしまった。確かに、当時からあまり会話などしていなかったのだ。

やがて順々に風呂に入り、竜児も自室に引き上げた。

若い肉体でオナニーしてみたかったが、まだ戸惑いの方が多く、それに心も疲れていたので、少しノートを見て今の授業を大体把握すると、その夜は大人しく眠ったのである。

翌朝、目が覚めてもそこは昭和四十八年のままだった。

竜児は起きてトイレと洗顔をすませ、卵かけご飯と味噌汁の朝食をすませた。

すでに父は出勤し、母もスーパーのパートがあるから朝は慌ただしい。

そして竜児は学生服を着ると、通学カバンを持って家を出た。

バスで高校まで十五分ほど。迷いもせず二年三組の教室に入ると、懐かしい面々が揃っていた。

ただ当時の彼は大人しく、それほど親しい友人はいない。

朝のホームルームで、担任で国語の松川百合子《まつかわゆりこ》先生が入ってきた。

二十九歳の独身で、竜児の憧れのメガネ美女である。もちろん彼は、百合子先生の面影で毎晩のようにオナニーに耽っていたのだった。

2

(そうだ。図書館に行く習慣だったっけ……)

放課後、竜児はカバンを持って教室を出ると図書館に行った。

一日の授業は難なく終え、どれも二度目だからスンナリ頭に入ってきた。

しかも彼は記憶力が良いので、教師のギャグも、指されたときの答えも全て甦っていたのである。

竜児は何のクラブにも所属していないが、毎日放課後は図書館に寄っていた。何しろ読書好きなのに小遣いが少ないので、大部分は図書館の本を読んでいたのだ。

それに図書館には、憧れの先輩がいるのだ。

図書委員で文芸部の部長、三年生の福田美佐子《ふくだみさこ》である。

長い黒髪に、白い長袖のセーラー服が似合い、記憶では、何度となく顔を合わせるので少し話すようにもなっていた。

竜児は、この一級上の美佐子か、大人の百合子のどちらかに性の手ほどきを受けたいと妄想していたのである。そう、彼の興味は読書以上に、悶々とした絶大な性欲が人生の最重大事だったのだ。

そして図書館の戸を開けると、すぐ正面に多くの本を両手で抱えた美佐子がいたではないか。

「あ、辰宮、ちょうどいいわ、手伝って」

美佐子が言って廊下に出てきたので、彼は戸を閉めてやってから、彼女の本を半分以上持ってやった。

「ありがと」

美佐子はぶっきらぼうに言って、先に歩きはじめた。

そう、清楚でクールな見かけによらず、案外ざっくばらんな性格で、彼女なら手ほどきをお願いしても抵抗なくしてくれそうだったことを思い出した。

もちろん一度目の人生では、シャイな竜児は何も言えず、たまの雑談以上に進展することもなく美佐子は卒業してしまい、以後会うこともなかったのである。

美佐子は颯爽《さっそう》とした早足で新館と旧館の間の渡り廊下を進み、竜児も本を抱え、彼女の巻き起こす風を吸い込みながら従った。

そして旧館の二階に行くと、彼女はいちばん奥にある文芸部の部室に入った。

今日は彼女も図書館で読書せず、多くの資料本を部室に運んでいたようだ。

竜児も入って机に本を置くと、美佐子が戸を閉めた。他には誰もおらず、同人誌の並んだ書棚と、隅にコーヒーメーカーなどもあった。

文芸部の顧問は、竜児の憧れの百合子だが、今日は来ていないようである。

「部員が全く集まらないのよ。みんな本を読まなくなったみたい」

美佐子が言い、湯を沸かしたので、どうやらコーヒーを淹《い》れてくれるらしい。

竜児も、用だけ終えてすぐ去るのも名残惜しかったので嬉しかったが、美佐子はここをかなり私物化しているようである。

しかも壁には、海水浴で使うようなイカダ型のエアーマットが立てかけられているではないか。

「ああ、これ？　たまに昼寝するときに敷くのよ」

美佐子が、彼の視線を追って言った。他の三年生と比べても大人っぽく、あまり人の来ない文芸部室で気ままにしているのだろう。

話では、推薦も決まっているらしく受験勉強にも苦労していないらしい。

やがてコーヒーが入り、二人は椅子に座って机を間にした。

「辰宮は年中読書してるけど、何か書いてるの？」

「いえ、書きたいけどまだ何も」

言われて、竜児はモジモジと答えた。心は六十七歳なのだが、やはり肉体が若返ると気持ちも当時に近づいてしまうものらしい。それに女性と差し向かいでお茶を飲むなど生まれて初めてのことなのだ。

一度目の人生では、本を運ぶのを手伝った記憶はあるが、すぐ彼は引き上げてしまったのだろう。

だから、今のこの状態は初めて体験する未知の人生なのだ。

「ね、辰宮って、童貞？」

美佐子にいきなり言われ、竜児はドキリと胸を高鳴らせた。

「え、ええ、もちろん……」

実際は父親で子も孫もいるが、この時点ではキスも未経験の無垢に間違いない。

「美佐子先輩は？」

「もちろん知ってるわ。一級上の先輩だけど、大学で彼女が出来たらしく自然消滅」

あっけらかんと言われ、やはり処女ではないのかと嫉妬に胸が焦げた。

もっとも手ほどきを受けたいのだから、彼女は無垢でない方が良いのだろう。

「小説書くなら、ジャンルにかかわらず女は知っていた方がいいわね。私も書いて応募しているけど」

「じゃ、美佐子先輩が教えてくれますか……」

竜児は、胸を高鳴らせて言ってみた。

以前なら決して言えない台詞《せりふ》だが、今は彼女よりずっと大人だし、断られたら帰れば良いだけである。

「いいよ、じゃ脱いで見せて」

すると美佐子は、ためらいもなく答えてくれたのだ。

「え、ここで……」

「ええ、誰も来ないわ。顧問の松川先生が来るのは週に一度だけ」

竜児が驚いて言うと、美佐子は答えて立ち上がり、戸の内側にあるフックをリングに嵌めた。手製のものらしく、たとえ誰かが来てもすぐには開かず、その間には取り繕《つくろ》えるだろう。

「さあ、脱いで」

彼女は、椅子に座っている竜児の背後から言うと手を回して学生服の裾をめくり、ベルトを解きはじめたのだ。

「ああ……」

竜児は興奮と緊張に声を震わせると、腰を浮かせてファスナーを下ろし、下着ごとズボンを膝まで下ろしてしまった。体は萎縮しているのに、ペニスだけはピンピンに勃起し、先端から粘液まで滲みはじめていた。

「すごい勃《た》ってる……、そう、そんなに私としたいの……」

肩越しに身を寄せて囁《ささや》くと、背にセーラー服の胸の膨らみが密着し、熱く湿り気ある吐息が甘酸っぱく匂った。

しかも美佐子は腋から手を回し、そっと強ばりに触れてきたのである。

後ろから迫られているので彼女の表情は見えないが、彼は美少女の果実臭の吐息に酔いしれながら、無垢な幹を愛撫されて震えた。

そう、自分にはこんな素晴らしい体験が待っていたのである。まして神聖な校内でするなど夢にも思っていなかった。

当時も、思い切ってアタックすれば、きっと美佐子はしてくれたのだろう。

「硬いわ。ピクピク動いて、先っぽが濡れてきたわね」

耳元で囁きながら、美佐子は幹をやんわりと包んでニギニギし、張りつめた亀頭にも触れてきた。

「ああ……、い、いきそう……」

竜児は高まる快感に喘ぎ、暴発を堪えて身をくねらせた。

心は老練の六十七歳だが、まだ無垢で十七歳の肉体は実に敏感だった。

まして十八歳の美少女は、彼からすれば孫に近い年齢で禁断の思いも強く押し寄せてきた。

「もう？　一度出しちゃう？　その方が落ち着くでしょう」

美佐子は微妙なタッチで愛撫しながら言う。

もとより、連続二回ぐらい出来るという前提で、もちろん当時の竜児はオナニーでも連続三回ぐらいはしていたのだ。

「い、いや、もったいないので……」

「そう、いいわ」

身をよじって言うと、美佐子も答えてあっさり指を離してくれた。

そして立てかけてあるエアーマットを床に敷き、彼女は自分で裾をまくり、ためらいなく下着だけ脱ぎ去ると仰向けになったのだ。

竜児も向き直り、ずり下がった下着とズボンを完全に脱ぎ去ってしまった。

「いいよ、入れても。今日は安全日だから、中に出して大丈夫」

美佐子が身を投げ出して言う。

白い長袖のセーラー服、濃紺の襟と袖に三本の白線、スカーフとソックスは白、そして濃紺のスカートの中はノーパンなのだ。

しかし、美佐子の最初の男である元彼は愛撫もせず、いきなり挿入するタイプなのだろうか。いかに昭和時代でも、それはないだろう。

「い、入れる前に見たい……」

竜児は言ってクッションに膝を突き、屈み込みながら恐る恐る濃紺のスカートをめくっていった。そして股を開かせても、美佐子は拒まないので彼は腹這いになり、股間に顔を寄せていった。

白くムッチリとした内腿の間を進み、割れ目に視線を注いだ。

もちろん十代の子の股間を見るなど、六十七年を通じてさえ生まれて初めてのことである。

股間の茂みが程よい範囲に煙り、割れ目からはみ出すピンクの花びらに指を当て、そっと左右に広げると中身が丸見えになった。

花弁状に襞の入り組む膣口が蜜を溢れさせて息づき、ポツンとした小さな尿道口もはっきりと確認できた。そして包皮の下からは、ツヤツヤと真珠色の光沢を放つクリトリスが、愛撫を待つようにツンと突き立っていた。

股間全体に籠もる熱気と湿り気に顔を包まれ、竜児は艶めかしい眺めにゾクゾクと興奮と期待を高めていった。

3

「アア、そんなに見ないで……」

美佐子が、股間に竜児の熱い視線と息を感じて喘いだ。

彼も堪らず、吸い寄せられるように顔を埋め込んでいった。柔らかな茂みに鼻を擦りつけて嗅ぐと、隅々に籠もって蒸れた汗とオシッコの匂い、それにほのかなチーズ臭も混じって鼻腔を刺激してきた。

恐らく美佐子も彼と同じく、昨夜入浴したきりだろう。

（ああ、女子高生のナマの匂い……）

竜児は感激と興奮に包まれ、貪るように嗅いだ。

何しろ、大学時代に体験した風俗嬢は湯上がりの匂いしかしなかったし、女房は綺麗好きで恥ずかしがり屋だったからナマの匂いどころか、常に寝室は真っ暗で、ジックリ割れ目も見せてくれなかったのである。

竜児は恥毛の感触と匂いを貪りながら、舌を這わせていった。

艶やかな陰唇の内側をたどり、膣口の襞をクチュクチュ掻き回し、ゆっくり味わいながらクリトリスまで舐め上げていくと、

「アアッ……、い、いい気持ち……！」

美佐子がビクッと顔を仰け反らせて喘ぎ、内腿でキュッときつく彼の両頬を挟み付けてきた。

きっと若い元彼は念入りに奉仕などせず、自分本位に挿入して終わるだけのサル男

だったのだろう。

クリトリスを舐め回すと愛液の量が格段に増し、彼は淡い酸味を含んだヌメリを貪った。そして味と匂いを堪能すると、美佐子の両脚を浮かせ、白く丸い尻の谷間に迫っていった。

指で谷間を開くと、奥にはひっそりと薄桃色の蕾が閉じられていた。

鼻を埋めると、蒸れた汗の匂いに混じり、淡いビネガー臭が感じられた。

やはりシャワー付きトイレのない時代は、ナマの匂いが実に興奮をそそった。

そう、昭和の頃はどんな美女でも、ごく自然の匂いを籠もらせていたのだ。

竜児は生々しい匂いを嗅いでから舌を這わせ、細かに収縮する襞を濡らすと、ヌルッと潜り込ませて滑らかな粘膜を探った。

「あう、何してるの……」

美佐子が驚いたように呻《うめ》き、キュッときつく肛門で舌先を締め付けた。

竜児が舌を蠢かすと、粘膜は微妙に甘苦い味わいがあり、鼻先の割れ目からはさらに新たな愛液が漏れてきた。

「アア……、ダメ、変な気持ち……」

美佐子は、恐らく初の感覚に喘ぎながら嫌々をした。

彼は味と匂いを堪能すると、ようやく脚を下ろし、愛液が大洪水になっている割れ目に戻り、ヌメリを舐め取って再びクリトリスに吸い付いた。

「そこ……、もっと……」

美佐子が言い、両手で彼の頭を押さえた。すると、本当に男の顔が股間にあるのを実感したようにヒクヒクと白い下腹が波打った。

亡妻と最後にしたのが何十年前だったか、とにかく久々に生身を舐め、竜児は感無量だった。

体験は少ないが、エロの裏情報は山ほど頭に入れていたので、クリトリスを舐めるときはタッチを変えず、一定の動きを延々と繰り返すのが良いと知っていた。

だから彼は舌先を、小さな時計回りに小刻みに動かし続けた。

「ああ……、いっちゃう、気持ちいいわ……、あう、ダメ！」

たちまち美佐子が声を上ずらせ、ガクガクと狂おしく腰を跳ね上げた。

どうやら、クリトリス感覚でオルガスムスに達してしまったようだ。

なおも舐め回し、ヌメリをすすっていると、

「も、もうダメ……！」

美佐子が硬直して言い、懸命に彼の顔を股間から追い出しにかかった。

ようやく竜児も舌を引っ込めて身を起こし、まだヒクヒクと痙攣している美少女を見下ろした。

彼女は息も絶えだえになって悶え、裾を直すことも出来ず身を投げ出していた。

竜児は彼女の白いソックスを両足とも脱がせ、足裏に屈み込んだ。

これも、亡妻にはしなかったことだ。

踵《かかと》から土踏まずを舐め、足指の間に鼻を割り込ませて嗅いだ。

今日は体育でもあったのか、指の股はジットリと汗と脂に湿り、ムレムレの匂いが濃く沁み付いていた。

(ああ、美少女の足の匂い……)

竜児は思い、蒸れた匂いを貪ってから爪先にしゃぶり付き、順々に指の股に舌を挿し入れて味わっていった。

「アア……、何してるの……、ダメよ、汚いから……」

美佐子が朦朧としながらお姉さんのように言い、それでも全身がグッタリしてされるままだった。

竜児は両足とも、全ての指の間の味と匂いを貪り尽くしてしまった。

ようやく彼女の呼吸が整い、身を起こす元気が甦ってきたようだ。

「寝て」

美佐子が短く言うと、竜児も学生服を脱ぎ、下半身丸出しのままエアーマットに仰向けになった。身を起こした美佐子は彼を大股開きにさせて腹這い、長い髪でサラリと内腿をくすぐった。

「私はお尻の穴は舐めないわよ」

美佐子が股間から言った。

「うん、じゃここ舐めて」

竜児が陰嚢を指すと、美佐子も顔を埋め込み、チロチロと舌を這わせてくれた。

二つの睾丸が舌で転がされ、熱い鼻息が幹の裏側をくすぐった。ここも実に心地よく、新鮮な快感が得られた。

そして袋全体が唾液にまみれると、美佐子は前進し、せがむように幹を震わせている肉棒の裏側をゆっくり舐め上げてきたのだ。

滑らかな舌が先端まで来ると、美佐子はそっと指を幹に添え、粘液の滲む尿道口を厭《いと》わずペロペロと舐め回してくれた。

さらに張りつめた亀頭をしゃぶり、スッポリと喉の奥まで呑み込んでいった。

「ああ、気持ちいい……」

竜児は快感に喘ぎ、美少女の口の中で唾液に濡れた幹をヒクヒクと上下させた。

ストーブも点けられていない薄寒い部室内で、快感の中心部だけが温かく濡れた快適な口腔に包まれたのだ。

美佐子は深々と含むと、熱い鼻息で恥毛をそよがせた。

幹を丸く締め付けて吸い、口の中ではクチュクチュと満遍なく舌がからみついた。

快感に任せてズンズンと股間を突き上げると、

「ンン……」

喉の奥を突かれた美佐子が呻き、新たな唾液をたっぷり溢れさせ、自分も顔を上下させスポスポとリズミカルに摩擦してくれた。

「あう、いきそう……」

すっかり高まった彼が言うと、すぐに美佐子もスポンと口を引き離した。やはり口に出されるより、一つになりたいのだろう。

「いいわ、入れて」

「どうか、跨いで上から入れて……」

美佐子が言うと、彼は答えた。女上位は憧れだったが、亡妻が嫌がり正常位一辺倒だったのだ。

すると美佐子が身を起こして前進し、ヒラリと自転車のように竜児の股間に跨がった。そして幹に指を添え、先端に割れ目を押し当てると、位置を定めてゆっくり腰を沈めていった。

張りつめた亀頭が入ると、あとはヌルヌルッと滑らかに根元まで呑み込まれた。

彼女が股間を密着させると、二人の繋がった部分を温かくスカートが覆った。

互いに着衣の制服姿で、肝心な部分だけ繋がっているというのも実にエロチックなものである。

「アア……、いい気持ち……」

美佐子が顔を仰け反らせて喘ぎ、無垢なペニスを味わうようにキュッキュッときつく締め上げてきた。竜児も、熱いほどの温もりときつい締め付け、潤いと肉襞の摩擦に包まれて激しく高まった。

とうとう二度目の人生では、十七歳で初体験できたのである。

身を反らせている美佐子のセーラー服をめくると彼女も心得たようにたくし上げ、ブラを上にずらして形良い乳房をはみ出させてくれた。

抱き寄せて顔を上げ、ピンクの乳首にチュッと吸い付いて舌で転がし、顔じゅうで張りのある膨らみを味わった。

チロチロと舐めると、連動するように膣内がキュッと締まった。

彼は左右の乳首を味わい乱れたセーラー服の中に潜り込み、湿った腋の下にも鼻を押しつけていった。

「あう、今日は体育があったから汗臭いのに……」

美佐子は言ったが拒まず、竜児は生ぬるく甘ったるい汗の匂いに噎《む》せ返った。

すると彼女が、密着した股間をグリグリと擦り付け、徐々に上下運動を開始したのだ。挿入による痛みなどはとうに乗り越え、男と一つになる快感を味わっているようである。

恥毛が擦れ合い、コリコリする恥骨の膨らみを感じながら、竜児も下から両手を回し、ズンズンと股間を突き上げはじめていった。

4

「アア……、いい気持ちよ、もっと強く……」

美佐子が熱く喘ぎ、互いの動きを一致させてきた。溢れる愛液で律動が滑らかになり、ピチャクチャと湿った摩擦音が響いた。

「膝を立てて、激しく動いて抜けるといけないから」

いかにも教えているといった感じで美佐子が言うと、竜児も両膝を立てて躍動する尻を支えた。

そして彼は美佐子の首筋を舐め上げ、顔を引き寄せて唇を重ねていった。

何と、互いの局部を舐め合い、挿入して一つになってから、最後の最後でファーストキスを体験したのだった。

密着するグミ感覚の弾力と唾液の湿り気を味わうと、彼女の鼻息が彼の鼻腔を温かく湿らせた。

舌を挿し入れ、滑らかな歯並びを左右にたどると、美佐子も歯を開いて舌を触れ合わせ、チロチロとからみつけてくれた。

生温かな唾液に濡れ、滑らかに蠢く美少女の舌は何とも美味しく、しかも彼女が下向きのため唾液が流れ込み、彼はうっとりと味わった。

「もっと唾を出して……」

口を触れ合わせたまま囁くと、彼女も殊更多めにトロリと口移しに注いでくれた。

竜児は生温かく小泡の多い唾液を味わい、喉を潤すと甘美な悦びが胸いっぱいに広がった。

酔いしれながら股間の突き上げを強めていくと、

「アア……、いきそうよ……」

美佐子が一瞬唾液の糸を引いて唇を離し、熱く喘ぎながら収縮と潤いを増していった。さっき舐められて果てたが、やはり挿入の膣感覚は別物らしい。

美佐子の口から吐き出される息を嗅ぐと、まるでイチゴかリンゴでも食べたあとのように甘酸っぱい刺激が鼻腔を搔き回してきた。

胸を満たした途端、竜児は激しい絶頂の快感に全身を貫かれてしまった。

「い、いく……!」

昇り詰めながら口走ると同時に、熱い大量のザーメンがドクンドクンと勢いよくほとばしった。

「あ、熱いわ、いく……、アアーッ……!」

すると噴出を受け止めた美佐子も、たちまちオルガスムスのスイッチが入ったように声を上ずらせ、ガクガクと狂おしい痙攣を開始したのだった。

竜児も激しく股間を突き上げ、肉襞の摩擦と締め付け、温もりと潤いの中で心ゆくまで快感を嚙み締めた。

「ああ、気持ちいい……」

彼は感激に声を洩らし、心置きなく最後の一滴まで出し尽くしていった。

すっかり満足しながら、徐々に突き上げを弱めていくと、

「アア……、すごく良かった……」

美佐子も声を洩らし、全身の硬直を解きながらグッタリと力を抜いてもたれかかってきた。

互いの動きが完全に停まっても、まだ膣内の収縮が続き、刺激された幹が内部でヒクヒクと過敏に跳ね上がった。

「あう、まだ動いてる……」

美佐子も敏感になっているように呻き、彼は美少女の吐き出す果実臭の息を胸いっぱいに嗅ぎながら、うっとりと快感の余韻に浸り込んでいったのだった。

(とうとう、この肉体で初体験したんだ……)

竜児は感慨を込めて思った。

若い肉体での快感は、老齢になってからの射精とは比べものにならないほど大きくて実に新鮮だった。

「もしかして私、中でしっかりいけたの初めてかも……、童貞なのに、すごく上手で感じたわ……」

美佐子が荒い呼吸を繰り返しながら囁く。

確かに、六十七歳の性欲を、十七歳の肉体でぶつけたのだから、全身隅々までの念入りな愛撫も良かったのだろう。

「ティッシュある？」

「うん……」

美佐子が身を起こしながら言うので、彼は答えながら脱いだズボンを引き寄せ、ポケットティッシュを出してやった。彼女は受け取り、股間に当てながら引き離し、添い寝してきた。

そして自分で割れ目を拭き、呼吸が整うまで横になっているようなので、彼も自分でペニスを拭った。

並んで寝ているうちに、すぐにも彼自身はムクムクと回復し、たちまち完全に元の硬さと大きさを取り戻してしまった。何しろ当時は、オナニーでさえ連続して抜いていたのだし、まして今は乱れたセーラー服姿の美少女が隣にいるのだから無理もなかった。

「何、もうこんなに……」

すると、気づいた美佐子が驚いたように言った。

「まだしたいの？」

「だって、前から美佐子先輩のことは好きだったし、一回目はあんまり夢中であっという間だったから……」

「それにしては、色んなところ舐めたくせに」

美佐子は言い、そっと手を伸ばして回復した幹を手のひらに包み、ニギニギと動かしてくれた。

「ああ、気持ちいい……」

竜児は喘ぎ、彼女の手の中でヒクヒクと幹を震わせた。やはりオナニーと違い、人の手というのは思うようにいかない部分が快感を増し、時に思いがけない部分が感じたり、予想もつかない動きが良かった。

「でも、私はもう充分だわ。お口でも良ければしてあげる」

「本当？　じゃいきそうになるまで指で続けて」

美佐子が嬉しいことを言ってくれ、彼も嬉々として答えた。

竜児は甘えるように腕枕してもらい、ペニスを愛撫されながら彼女の胸に顔を埋め思春期の体臭で胸をいっぱいに満たした。

するとと美佐子も、指で強ばりを弄びながら、彼の額や頬にチュッチュッとキスしてくれたのだ。

「ああ、唾を垂らして……」

「さっきも言ってたけど、そんなに飲みたいの？」

言うと美佐子は答え、それでも口いっぱいに唾液を分泌させてくれた。

そして形良い唇をすぼめて迫ると、白っぽく小泡の多い唾液をグジューッと吐き出してくれたのだ。舌に受けて味わい、うっとりと喉を潤しながら竜児は幹をヒクつかせた。

「息も嗅ぎたい」

「昼食すませてから、そのままなんだけどな……」

せがむと、彼女は言いながらもためらいなく、大きく口を開いて彼の鼻を覆うと、熱い息を吐きかけてくれた。

甘酸っぱい濃厚な刺激でうっとりと鼻腔を刺激され、

「いい匂い……」

竜児は胸を満たしながら言った。

「本当、悦んでるわ」

彼女も手の中にある幹が歓喜に震えているのを知り、何度か惜しみなく唾液と吐息を与えてくれた。

「い、いきそう……」

急激に絶頂を迫らせた竜児が言うと、美佐子もすぐに腕枕を解いて顔を移動させ、張りつめた亀頭をパクッと含んできた。

そしてクチュクチュと舌をからめ、尿道口から亀頭全体をしゃぶると、深く含んで顔を上下させ、濡れた口でスポスポとリズミカルに摩擦してくれた。

彼はまるで全身が縮小して、かぐわしい美少女の口に含まれ、舌に転がされ唾液にまみれている錯覚に陥った。

彼も合わせてズンズンと股間を突き上げると、もう我慢できなかった。

「い、いく、気持ちいい……、アアッ……！」

竜児は大きな絶頂の快感に声を洩らし、ガクガクと全身を震わせながら、ありったけの熱いザーメンをドクンドクンと勢いよくほとばしらせてしまった。

まだこんなにも残っていたかと思える量と快感である。しかも一回目は女体と一つになって夢中だったし、今は一方的に奉仕されているので心ゆくまで快感を噛み締めることが出来た。

「ク……、ンン……」

喉の奥を直撃され、美佐子が小さく呻きながらも、噎せることはなくなおも吸引と摩擦、舌の蠢きを続行してくれた。

「ああ……」

竜児は股間に熱い息を受けながら喘ぎ、最後の一滴まで出し尽くした。

すっかり満足して力を抜き、グッタリと身を投げ出すと、彼女も摩擦運動を止め、亀頭を含んだまま口に溜まったザーメンをコクンと一息に飲み干してくれた。

「あう……」

喉が鳴ると同時に口腔がキュッと締まり、彼は駄目押しの快感に呻いた。

ようやく美佐子が口を離し、なおも余りを絞るように幹をしごき、尿道口に脹らむ白濁の雫まで丁寧にチロチロと舐めて綺麗にしてくれた。

「あうう、も、もういい、ありがとう……」

竜児は呻き、降参するようにクネクネと腰をよじらせ、舌の刺激でヒクヒクと過敏に幹を震わせたのだった。

5

「無理に飲まされるのは嫌だったけど、辰宮のなら平気だったわ」

顔を上げた美佐子が、チロリと舌なめずりして言った。

竜児は、しばらく起き上がることも出来ず、荒い呼吸と動悸がいつまでも治まらなかった。

飲んでもらうのは初めてで、亡妻すらしてくれなかったことである。

それにしても、自分の生きた精子が美少女に飲み込まれ、吸収され栄養になるとは何という悦びであろうか。

美佐子が下着とソックスを着け、乱れた制服と髪を直すと、ようやく竜児も身を起こし、下着とズボンを調えた。

「どうか、またして下さい……」

学生服を着ながら言うと、

「いいわ、でも一つ条件があるの。文芸部員になって」

美佐子がコーヒーカップを片付けながら答えた。

「分かりました。今日から部員になります」

「私も間もなく卒業だから、どうか新入部員を勧誘して、部がなくならないようにしてね」

美佐子が言い、彼も頷いた。ここでまたさせてくれるのなら、何だってするつもりである。

すると美佐子は、部室の戸の鍵のナンバー四桁を教えてくれた。

そして内側からの簡易ロックを外すと、二人は部室を出た。

校舎を後にすると、方向が違うので彼女は向かいのバス停に行った。

ちょうど美佐子の方面のバスが来て、彼女が乗り込んだので竜児は一礼して見送ると、彼の方のバスも来た。

(とうとう初体験したんだ。しかも憧れの先輩の、上と下に射精したんだ……)

乗り込んだバスに揺られながら、竜児は限りない幸福感に包まれ、また勃起しそうになってしまった。

やがて帰宅すると、着替えた竜児は両親が帰るまでベッドに横になり、美佐子とのあれこれを一つ一つ思い出しながら余韻を味わったのだった。

夕食をすませた入浴後、また自室に戻った竜児は、机を前にしたが、スマホもパソコンもないし、日記を付ける習慣もないので、読書ぐらいしかすることがない。

授業の方は、どれも平均的に出来た方だし、二回目なので特に予習など必要はないだろう。

オナニーしたいが、明日もまた美佐子と何か良いことがあるかも知れないので我慢することにした。

ふと、机の脇に重ねた新聞の束を見下ろし、彼は開いて見た。

そう、うっかり未来から持って来てしまったものなので、他の誰にもみせてはいけない新聞である。

（ハイセイコー、競馬新聞……？）

竜児は、ふと目を止めて調べてみた。そういえば父の道明は、たまに馬券を買っていたようだ。もちろんパチンコに行く程度の金額しか使っていないが、よく熱心に新聞を読んでいたものである。

日付を見ると、何と来週のものではないか。では、先のレースの結果が出ているのだろう。竜児は勝った馬の番号をメモした。

他の新聞は、当たり馬券の記事はなく、プロ野球や相撲の結果だけである。

宝くじの当選番号もあったが、まだこの当時は、自分で番号を選んでマークシートするようなナンバーやロト、ビンゴなどは発売されていない。だからバラか連番にしろ、その券がどの店で売っているのか分からないので、宝くじの情報は役に立たなかった。

他に、芸能記事や時事問題も載っていたが、柔道金メダルのヘーシンクがジャイアント馬場と組んでレスラーになったとか、瀬戸内晴美が仏門に入ったとか、今年のレコード大賞が五木ひろしの『夜空』だとか、特に知ったからといって竜児個人の得になるものはないようだった。

とにかく竜児は、それらの新聞を家族に見られないよう机の一番下の引き出しに突っ込んでおいた。

そしてその夜は寝て、翌朝、また朝食を終えた竜児は登校した。

一日の授業を難なく終えると、カバンを持った彼はトイレに寄って小用をすませ、持ってきた歯ブラシで歯磨きしてから、旧館二階の文芸部室に行った。

美佐子は来ていないようで施錠されている。竜児は彼女に教わった四桁のダイヤルを回して開け、中に入った。

全く美佐子の私室のようで、顧問の百合子や他の部員の私物などは一切無い。

と、そこへ当の百合子が入って来たのである。

「まあ、辰宮君」

百合子が驚いて言う。颯爽とした長身でセミロングの黒髪、均整の取れたプロポーションにメガネをかけた知的美女である。

「あ、昨日福田先輩に言われて入部したんです」

「そう、彼女は今日は来ないわ」

百合子は答え、昨日の美佐子のようにコーヒーを淹れてくれた。

「まさか塾とか？　推薦が決まってるようなのに」

「ええ、今日はピアノの日のはずよ」

訊くと、百合子が答えた。どうやら美佐子は何かと習いごとをしているらしく、きっと家も裕福なのだろう。

「でも部員が増えて嬉しいわ。今までは彼女一人になってしまっていたから、来年度は廃部になるかもしれなかったの」

「そうですか。先輩と約束したので、何とか部員を増やします」

「ええ、そうして」

百合子は言い、彼が椅子に座ると二人分のコーヒーを運んできた。美佐子も百合子も、ここでノンビリ喫茶する習慣のようである。

「何だか昨日から、辰宮君変わったみたいね」

「え？　そうですか……」

向かいに座った百合子が言い、彼はレンズ越しの視線が眩しかった。もちろん竜児の実際の年齢からすれば、今の百合子は彼より三回り以上年下だが、すっかり気分は高校生なので、美人教師を前にして心地よい緊張が湧いた。

「ええ、古文の授業も、急に指しても答えられるし、何だか急に大人びたような落着きが感じられるわ」

「たぶん錯覚ですよ。僕はいつものままですから」

竜児は答え、熱いコーヒーをブラックですすった。そして美佐子が来ないのなら、今日は百合子に専念しようと思った。

すでに童貞を捨てた自信か、それは百合子が言うように格段に彼は変わってきたのである。

するとと百合子の方から話を振ってきた。

「辰宮君は、付き合ってる彼女とかはいないの？」

「いません。見た通り暗くてモテないタイプですから」

「そんなことないわ。じゃ好きな人は？」

百合子が訊いてくる。彼女は三十歳を目前にしているが、竜児が卒業するまで結婚したという話は聞いていない。

「それはいます。僕、前から百合子先生が好きなんです」

「まあ……」

まだ無垢を装いつつ思いきって言うと、百合子は目を丸くした。

「そんな、冗談言わないで。私みたいなオールドミスより、クラスにも可愛い子がいっぱいいるでしょう」

「いいえ、僕は年上の人が好きで、百合子先生の科目だけは良い点を取ろうと頑張ってるんです」

竜児ははっきりと答えた。確かに彼は、現代国語と古文は、学年でもトップクラスの成績である。

「でも、困ったな……」

百合子は、本当に困ったように俯いて言った。美女なのに、告白された経験は少ないのかもしれない。

確かに見た目は真面目一方の堅物ふうで、化粧気もないタイプだが、当時から竜児にとっては、手ほどきを受けるならこの先生、と心に決めるほど恋い焦がれていたのである。

「先生は、彼氏いるんですか？」

「いないわ。今は生徒のことで頭がいっぱい」

「でも、以前には？」

「それは一人ぐらいいたけど」

百合子が答える。どうやら学生時代にでも知り合い、互いに就職してからも何度か会っていたが、今は別れたというところだろう。

「今は誰もいないなら、僕が思いっきり先生を好きになってもいいですね？」

彼は胸を高鳴らせて言った。

竜児は憧れの美人教師を前にしてゾクゾクと興奮を高め、いつしか痛いほど股間を突っ張らせてしまっていた。

どうやら百合子も、あまり恋愛経験が豊富でなさそうだから、ここは精神的に六十七歳の自分が積極的にアタックするべきだと思ったのだった。

第二章　美人教師の熱き欲望

1

「僕は、絶対に先生を困らせるようなことはしないので、どうか大人の世界を教えて下さい」

竜児ははっきりと口に出し、懇願するように頭を下げた。もちろん態度は真剣で神妙だが、股間は激しく突っ張っている。

「そんなこと、無理に決まってるでしょう……」

百合子は、ほんのり頬を上気させて俯き、か細く答えた。

困惑と緊張、それに確実にあるだろう好奇心も湧いたか、彼女の方から甘ったるい匂いが漂ってきた。

「二人だけの秘密です。先生と秘密を持っても、僕には自慢するような友人もいませんので」

「本当に、私が最初でいいの……？」

百合子がチラと目を上げて言った。どうやら彼女も徐々にその気になりつつあるらしく、これなら一度目の人生でも思い切ってアタックすれば良かったと思ったものだった。

「もちろんです。先生が教えてくれなかったら、きっと僕は大学を出て就職して、ようやく職場結婚するような人生に決まってますので」

「それはそれで、幸せじゃないのかしら」

「でも、途中でおかしくなって事件でも起こすといけないし、青春の大切な思い出が何もないのは不幸だと思うんです」

何のかんのと屁理屈を捏《こ》ねながら欲望を前面に出すと、ようやく百合子が顔を上げて正面から竜児を見つめた。

「分かったわ。決して後悔しないことだけ約束して」

「わあ、ありがとうございます」

言われて彼は舞い上がり、壁に立てかけられたイカダ型のエアーマットに向かった。

百合子も、これは美佐子が持ち込んだ昼寝用のものと承知しているのだろう。

「待って、校内では無理よ。私の家に来て」

さすがに百合子は、校内でする気はないようだった。

「そこの角の、スーパーの裏にあるハイツ」

「ええ、知ってます」

言われて、竜児も答えた。担任として、年賀状を出しているので住所は知っているのだ。

「じゃ、あとから来て」

言うと百合子は立ち上がり、さっさと部室を出ていってしまった。

竜児も部室を出ると施錠し、生徒用の下駄箱に行って靴を履き替えた。校門を出ると、先を足早に百合子が歩いて行くのが見えた。

確かハイツまでは、徒歩十分ほどの筈だ。

それにしても彼は期待と興奮に勃起し、歩きにくいほどである。まして校内でなく、百合子の部屋なら互いに遠慮なく全裸になれるし、誰かが来ないかと気にすることもないのだ。

彼女も、何度かさり気なく振り返り、竜児がついてくることを確認し、歩き方を見ても相当に緊張が高まっているようだった。

徒歩で行ける距離で良かったと思った。乗物があると、途中で百合子が冷静になり気が変わってしまうかもしれない。

やがて百合子はスーパーの裏にある住宅街に入ると、ハイツの一階のドアを開けて入っていった。二階建てで上下に三所帯ずつ、彼女の部屋は右端にあった。

竜児は周囲に誰もいないか確認してから、すぐ続いてドアをノックし、ノブを回すと施錠されていなかった。

「お邪魔します」

中に入って言い、ドアを内側からロックして上がり込んだ。

百合子もバッグを置き、上着を脱いでいた。

見回すと、広いワンルームタイプだ。奥の窓際にベッド、手前に机と本棚、広いキッチンには小さなテーブルとテレビ、流しも清潔にされていた。

そしてカーテンが引かれた室内には、甘ったるい大人の女性の匂いが生ぬるく立ち籠めていた。

「じゃ、お願いします」

竜児が言って迫り、まだ少々の躊躇《ためら》いにモジモジしている百合子の肩に手をかけ、ベッドの方へ押しやった。

「待って、お茶でも……」

「もう待てないです。脱ぎましょうね」

百合子が言うので、彼は答えながらブラウスのボタンに手をかけた。

「分かったわ」

すると彼女も意を決したように言い、自分で脱ぎはじめてくれた。

竜児は自分も手早く学生服とズボンを脱ぎ去り、シャツと靴下、下着を脱ぐと全裸になり、先にベッドに横になった。

やはり校内と違って落ち着き、とことん体験しようという気になった。

枕には、百合子の髪や汗、涎の匂いなどが入り交じって沁み付き、胸に沁み込んだ刺激が心地よくペニスに伝わってきた。

百合子は背を向け、黙々と脱いでいった。

ブラウスを脱ぎ去り、スカートを下ろし、ブラのホックを外すと白く滑らかな背中が露わになった。脱いでいくうち、服の中に籠もっていた熱気が解放され、さらに室内に甘く漂った。

パンストを脱ぎ、とうとう最後の一枚を下ろすと、白く形良い尻が彼の方に突き出された。

そして一糸まとわぬ姿になると、百合子は胸を隠して向き直ったが、

「あ、どうかメガネは掛けたままでいて下さい。普段見ている顔が好きなので」

竜児が言うと、彼女も急いでメガネを掛けると、竜児に添い寝してきたのである。

「ああ、嬉しい……」

彼は百合子の腕をくぐり抜け、感激に声を震わせながら甘えるように腕枕してもらった。百合子は緊張に身を強ばらせ、じっと息を詰めている。

竜児の目の前で、形良い乳房が息づき、胸元や腋から漂う熱気が甘ったるく鼻腔を刺激してきた。

しかも目の前にある美人教師の腋の下には、モヤモヤと色っぽい腋毛が煙っているではないか。

(うわ、昭和だ……)

竜児は感激と興奮に包まれ、思わず彼女の腋に鼻と口を埋め込んだ。

柔らかく、恥毛に似た感触の毛に鼻を擦りつけて嗅ぐと、甘ったるい汗の匂いが濃厚に胸を満たしてきた。

「いい匂い」

「あう……」

嗅ぎながら思わず言うと、百合子がビクリと反応して呻いた。

本当なら、まずシャワーを浴びたかったのだろうが、彼女も混乱と緊張で思い付かなかったのだろう。それに童貞相手と思っているので、すぐにも挿入して終わるかと思ったのかもしれない。

竜児は何度も深呼吸し、美人教師のナマの体臭に酔いしれた。

そして息づいている乳房に移動してゆき、仰向けになっている彼女の胸にのしかかり、チュッと乳首に吸い付いて舌で転がした。

「アアッ……」

百合子が熱く喘ぎ、クネクネと身悶えた。

彼は顔で、美佐子より豊かな膨らみを味わい、もう片方の乳首も含んでチロチロと舐め回した。

「ああ……」

百合子は喘ぎながら、少しもじっとしていられないように身をくねらせた。

何やら乳首への刺激だけで、オルガスムスに達しそうである。

やはり元彼と別れて数年経って相当に欲求が溜まり、日頃も生徒との禁断の関係を妄想して自分を慰めていたのではないだろうか。

竜児は左右の乳首を交互に吸い、時に腋にも鼻を埋めて濃厚な匂いを貪ると、やがて滑らかな肌を舐め降りていった。

形良い臍を探り、張りつめた下腹に顔を埋め込むと心地よい弾力が返ってきた。

茂みは濃い方だったが、まだ股間は最後の楽しみに取っておきたい。せっかく時間のある密室で、百合子もすっかり身を投げ出しているので、隅々まで味わいたかったのだ。

乱れた制服姿の美佐子も魅力だったが、やはり全裸同士というのは格別である。

意外に着痩せするたちなのか、豊満な腰のラインをたどると、彼は脚を舐め降りていった。

太腿は張りがあり、何と脛にもまばらな体毛があり、これも昭和らしく野趣溢れる興奮が感じられた。

清楚なメガネ美女に、腋毛と脛毛があるのだから、やはり女性というのは裸にしてみないと分からないものだと思った。

足首まで舐め降りると、彼は足裏に回り込んで舌を這わせ、指の間にも鼻を割り込ませて嗅いだ。

指の股はどこも汗と脂にジットリと湿り、蒸れた匂いが悩ましく沁み付いて鼻腔が刺激された。

両足とも美人教師のムレムレの匂いを嗅ぐと堪らず、彼は爪先にしゃぶり付き、指の股に順々に舌を潜り込ませて味わっていった。

2

「あう、何するの、ダメ……」

百合子が驚いたように呻き、ビクリと足を引っ込めようとしたが、竜児は足首を摑んで押さえ、両足とも味と匂いを貪り尽くしてしまった。そして顔を上げ、

「じゃ、うつ伏せになって下さいね」

言うと、彼女も素直に寝返りを打った。

竜児は踵からアキレス腱、脹《ふく》ら脛《はぎ》を舐め上げ、色っぽいヒカガミから太腿、尻の丸みをたどっていった。

もちろん尻の谷間はあとの楽しみに取っておき、腰から滑らかな背中を舐めると、

ブラのホック痕は淡い汗の味が感じられた。

「ああ……」

背中も感じるようで、百合子は顔を伏せて喘ぎ、くすぐったそうに身悶えた。

肩まで行くと髪に顔を埋めて嗅ぎ、耳の裏側の湿り気の蒸れた匂いを嗅いで舌を這わせた。

そして再び背中を舐め降り、たまに脇腹にも寄り道しながら再び尻に戻ってきた。

谷間の上にある尾てい骨の膨らみを探り、指でムッチリと双丘を広げると、まるでレモンの先のように僅かに突き出たピンクの蕾が丸見えになった。

可憐だった美佐子とは違い、その艶めかしい形を見て、彼はやはり脱がせて見ないと分からないものだと思った。

充分に蕾を観察してから鼻を埋め込むと、顔じゅうに弾力ある双丘が心地よく密着してきた。嗅ぐと、蒸れた汗の匂いに混じり、生々しい刺激が籠もって悩ましく鼻腔が掻き回された。

どんな美女でも、やはりシャワー付きトイレもないこの時代は、しっかりナマの匂いを籠もらせているのである。

もちろん嫌ではなく、美女と刺激臭のギャップ萌えでメロメロになりながら、竜児は百合子の恥ずかしい匂いで鼻腔を満たし、舌を這わせていった。

収縮する襞を舐めて濡らし、ヌルッと潜り込ませると、

「あう……、何するの……！」

百合子は、爪先をしゃぶられたとき以上に驚いて呻き、キュッキュッときつく肛門で舌先を締め付けてきた。

やはり元彼に舐められていない美佐子と同じように、百合子も洗っていないここを舐められた経験がないのかも知れない。

竜児は舌を蠢かせ、滑らかな粘膜を探った。

「も、もうダメ……」

違和感と羞恥に声を洩らし、彼女が尻を庇うように再び寝返りを打ってきた。

竜児も百合子の片方の脚をくぐり、再び彼女が仰向けになると、白く張りのある内腿を舐め上げて股間に迫っていった。

「アア、恥ずかしいわ……」

大股開きにされ、百合子が嫌々をして喘いだ。

「じっとして力を抜いて下さいね。初めてなので、どうなっているのか見たいので」

竜児が羞恥を煽るように股間から言い、割れ目に目を凝らした。

丘に茂る濃い恥毛が、黒々とした艶を持って密集し、割れ目からはみ出した花びらはヌラヌラと大量の愛液に潤っていた。

やはり恥ずかしがり屋で控えめな反応とは裏腹に、相当に期待が高まり、あるいは校舎を出たときから濡れはじめていたのかも知れない。

指を当てて陰唇を左右に広げようとすると、大洪水の愛液でヌルッと滑った。

奥へ当て直して開くと、息づく膣口からは白っぽい本気汁も溢れ、包皮を押し上げるようにツンと突き立ったクリトリスは、何と親指の先ほどもある大きなものだったのである。

裸にしてみて新鮮な驚きを得たのは、これで何度目だろうか。

日頃から百合子は上品に颯爽と授業をしながら、股間にはこんな大きなクリトリスを持っていたのである。

彼は吸い寄せられるように、まるで幼児の亀頭のように光沢ある突起に吸い付き、茂みに鼻を埋め込んで嗅いだ。

熱気と湿り気を含んだ恥毛の隅々には、生ぬるく甘ったるい芳香が悩ましく沁み付いていた。汗やオシッコより、甘い匂いの方が強いので、これが百合子本来の性臭なのだろう。

竜児は鼻腔を満たしながら、クリトリスに舌を這わせはじめていった。

「アア……、い、いい気持ち……」

百合子がビクッと顔を仰け反らせて喘ぎ、白い下腹をヒクヒクと波打たせた。

彼は茂みに鼻を擦りつけ、艶めかしい匂いを貪りながらクリトリスを舐め回しては新たに溢れるヌメリをすすった。

愛液は、やはり淡い酸味を含んで舌の蠢きを滑らかにさせた。

さらに竜児は執拗にクリトリスに吸い付きながら、左手の人差し指に愛液を付けて濡らし、肛門に浅く潜り込ませ、さらに右手の二本の指を濡れた膣口に押し込んでいった。

「あう、すごい……」

最も感じる三箇所を同時に愛撫され、彼女は呻きながら前後の穴できつく指を締め付けてきた。

竜児は肛門に入った指を出し入れさせるように動かし、膣内の二本の指で内壁を擦り、天井のGスポットの膨らみも圧迫しながらクリトリスを吸った。

「ダ、ダメ、いきそうよ、待って……、アアーッ……！」

百合子が急に切羽詰まった声を上ずらせるなり、ガクガクと狂おしく腰を跳ね上げはじめたのだ。

どうやら三点責めでオルガスムスに達してしまったらしい。

愛液は粗相したように漏れ、前後の穴がモグモグと指を締め付け、なおもクリトリスを舐め回していると、

「も、もう堪忍……！」

百合子が時代を感じさせる言葉を洩らし、弓なりに反り返って硬直した。

どうやら、それ以上の刺激は苦痛に近いようだ。

ようやく竜児も舌を引っ込め、前後の穴からヌルッと指を引き抜いてやった。

「あう……」

百合子が呻き、支えを失ったようにグッタリと身を投げ出していった。

股間から這い出して身を起こした竜児は、彼女の前後の穴に入っていた指を見た。

膣口に潜り込ませていた二本の指は、攪拌《かくはん》されて白っぽく濁った大量のヌメリにまみれ、指の間は粘液の膜が張るほどだった。指の腹は湯上がりのようにふやけてシワになり、淫らに湯気さえ立てている。

肛門に入っていた指に汚れはなく、爪にも曇りはないが嗅ぐと、生々しい硫黄臭が感じられ、彼はゾクゾクと高まった。

「ダメ、洗いましょう……！」

嗅いでいる彼を見た途端、余韻もかなぐり捨てた百合子が身を起こして言った。そして竜児の手を握ってベッドを降りると、強引にバスルームへと移動させたのである。

手早くクランクを回して点火し、シャワーを出し、適温になると彼女は竜児の指を洗ってくれた。

「ね、割れ目は洗わないで。潤いと匂いが消えちゃうから」

「まあ……、嫌な匂いしなかった……？」

言うと百合子は羞恥を甦らせたように頰を染めて言った。バスルームでメガネを外したので、何やら見知らぬ美女と一緒にいるようだ。

「うん、百合子先生の匂い、しっかり覚えちゃった」

「ああッ……」

言うと彼女は喘ぎ、クネクネと羞恥に身悶えた。

「ね、先生、ここに立って」

竜児は床に座ったまま言い、彼女を目の前に立たせた。そして片方の足を浮かせてバスタブのふちに乗せると、彼は開いた股間に顔を埋めた。

「オシッコ出して」

「まあ、どうして……」

股間から言うと百合子は尻込みしたが、その体勢は保ってくれていた。

「綺麗な人でもオシッコするのかどうか、どうしても出すところが見たい」

「アア、無理よ、顔の前でなんか……」

「出るまで待つので、ほんの少しでいいから」

竜児は腰を抱えて答え、割れ目を舐め回した。舌と指で果てた直後だが、舐めると奥から新たなヌメリが漏れてきたようだ。

「アア、ダメよ、感じすぎるわ……」

百合子はガクガク膝を震わせ、壁に手を突いて身体を支えながら言った。

やはり、しなければ終わらないと悟ったか、彼女は何度か息を吸い込んでは止め、懸命に尿意を高めはじめてくれたようだ。

そして割れ目内部を舐めているうち、奥の柔肉が迫り出すように盛り上がり、味わいと温もりが変化してきたのだ。

「あう、出ちゃう、離れて……」

百合子が息を詰めて言った途端、チョロッと熱い流れがほとばしってきた。

「アア、ダメよ……」

彼女は懸命に止めようとしたが、いったん放たれた流れは止めようもなく、次第にチョロチョロと勢いを増して彼の口に注がれてきたのだった。

竜児は嬉々として味わい、少しだけ飲み込んでみたが、薄めた桜湯のようで、全く抵抗なく喉を通過した。

溢れた分が温かく胸から肌を伝い流れ、ピンピンに勃起しているペニスが心地よく浸されていった。

3

「アア……、変な気持ち……」

立ったままゆるゆると放尿しながら、百合子が朦朧として呟いた。

だいぶ溜まっていたようで、それは恥ずかしいほど長く続き、竜児は溺れるような不安さえ抱いた。

匂いも淡く、彼は憧れの美人教師の出したものを味わい、うっとりと喉を潤した。

やがて勢いが弱まると、間もなく流れは治まってしまった。

ポタポタ滴る余りの雫に愛液が混じり、ツツーッと淫らに糸を引きはじめた。

竜児は残り香の中で舐め回し、雫をすすった。

「も、もうダメ……」

百合子が声を洩らし、足を下ろすと力尽きたようにクタクタと椅子に座り込んでしまった。

彼はもう一度シャワーを浴びてから、フラつく百合子を支えて立たせ、脱衣所に出て互いの身体を拭いた。

そして再び全裸のまま、二人はベッドに戻っていった。

今度は竜児が仰向けになると、再びメガネを掛けた百合子は自分から彼の股間に陣取ってきたのだ。

彼は自分で両脚を浮かせ、抱え込んで尻を突き出し、両手で谷間を広げた。

「ね、ここ舐めて。僕は綺麗に洗ったので」

「まあ……」

では自分は汚れていたのかと百合子は声を洩らしたが、それ以上に欲望が勝ったように顔を寄せてきた。

舌を伸ばし、チロチロと肛門を舐めてくれ、自分がされたようにヌルッと潜り込ませてくれたのだ。熱い鼻息が陰嚢をくすぐり、

「ああ、気持ちいい……」

竜児は喘ぎ、モグモグと肛門を締め付けて美人教師の舌を味わった。

内部で百合子の舌が蠢くたび、何だか内側から刺激されるように、勃起したペニスがヒクヒクと上下に震えた。

あまり長くされていると申し訳ない気持ちになり、やがて彼が脚を下ろすと、百合子も自然に舌を引き離し、すぐ鼻先にある陰嚢をしゃぶってくれた。

彼女は股間に熱い息を籠もらせ、二つの睾丸を念入りに舌で転がし、鼻息で幹の裏側をくすぐった。

やがて陰嚢をしゃぶり尽くすと、彼女は自分から顔を前進させた。

「アア、こんなに勃ってるわ……、何て綺麗な色……」

百合子は幹に指を添え、ツヤツヤと張りつめた亀頭に熱い視線を注いで言った。

そして幹の裏側をゆっくりと舐め上げ、先端まで来ると粘液の滲む尿道口を舐め回し、張りつめた亀頭をくわえた。

そのままスッポリと喉の奥まで呑み込むと、幹を締め付けて吸い、口の中ではクチュクチュと舌がからみついてきた。

「アア……」

竜児は快感に喘ぎ、小刻みにズンズンと股間を突き上げた。すると百合子も顔を上下させ、濡れた口でスポスポと心地よい摩擦を繰り返してくれた。

彼自身は温かな唾液にまみれ、息で恥毛をくすぐられながらジワジワと絶頂を迫らせていった。

「い、いきそう、跨いで入れて下さい……」

すっかり高まって言うと、百合子もスポンと口を離して顔を上げた。

「私が上？」

「ええ、綺麗な顔を見上げたいので」

竜児が答えると、百合子も前進して彼の股間に跨がってきた。

幹を指で支え、先端に割れ目を押し当てたが動きがぎこちないのは、あまり女上位の経験がないのだろう。

それでも位置を定めると、百合子は息を詰めて腰を沈み込ませ、ヌルヌルッと滑らかに根元まで膣内に納めていった。

「アアッ……！」

彼女が顔を仰け反らせて喘ぎ、ぺたりと座り込んで股間を密着させた。

竜児も、肉襞の摩擦と温もり、締め付けと潤いに包まれて快感を嚙み締めた。

昨日、美佐子を相手に童貞を捨てたばかりなのに、今日は憧れの美人教師と一つになっているのである。

百合子は上体を反らせ、彼の胸に両手を突いたまま、キュッキュッと締め付けて若いペニスを味わっていた。

「ああ……、とうとう生徒としているのね……」

彼女が喘いで言い、竜児は両手を伸ばして抱き寄せた。

恐らく百合子は、男子たちが自分を思ってオナニーしていることを承知し、生徒とのセックスが以前からの根強い願望だったのだろう。

さらに顔を引き寄せ、ピッタリと唇を重ね合った。

百合子が身を重ねると、彼は下からしがみつき、両膝を立てて尻を支えた。

また、美佐子の時と同じく、キスするのが最後の最後になってしまったが、これが自分のパターンなのかも知れない。

舌を挿し入れると百合子もネットリとからみつけてくれ、彼は熱い息で鼻腔を湿らせながら美人教師の舌を味わった。

そして唾液をすすりながら、ズンズンと股間を突き上げはじめると、

「アア……、いい気持ちよ……」

口を離した百合子が、淫らに唾液の糸を引きながら喘ぎ、自分も腰を遣って動きを合わせてきた。

大量に溢れる愛液でたちまち律動が滑らかになり、クチュクチュと湿った摩擦音が聞こえてきた。愛液は彼の陰嚢の脇を伝い流れ、肛門の方まで生温かく濡らしてシーツに沁み込んだ。

次第に突き上げをリズミカルにさせながら、竜児は彼女の喘ぐ口に鼻を押し当てて熱い吐息を嗅いだ。それは花粉のような甘さを含み、それに昼食の名残か、淡いオニオン臭も混じって悩ましく鼻腔を刺激してきた。

「ああ、しゃぶって……」

絶頂を迫らせながら言うと、百合子も快感に任せて大胆に彼の鼻の穴に舌を這わせ、まるでフェラチオするように鼻にしゃぶり付いてくれた。

竜児は、美人教師の唾液と吐息の匂いに刺激され、とうとう激しく昇り詰めてしまった。

「い、いく、気持ちいい……！」

竜児は口走りながら、熱いザーメンをドクンドクンと勢いよくほとばしらせた。

「あう、もっと……、アアーッ……！」

噴出を感じた途端に百合子も声を上げ、ガクガクと狂おしいオルガスムスの痙攣を開始した。膣内の締め付けと収縮も最高潮になり、彼は全身まで吸い込まれそうな錯覚に陥った。

これで美佐子に続き、大人の百合子まで満足させることが出来たのである。

あるいは亡妻は、最後まで膣感覚の絶頂を知らないままだったのではないかと、そんな思いも湧き上がった。

とにかく、平凡な自分にも女性を絶頂に導く力があったのである。

いや、あるいは二度目で、夢の中にいるような心地だから、以前には出来ない思いきったことが出来、それが好結果を生んでいるのかも知れない。

竜児は心ゆくまで快感を嚙み締め、最後の一滴まで出し尽くしていった。

満足しながら突き上げを弱めていったが、激情が過ぎ去ると、ナマの中出しで大丈夫だったのかと心配になったが、今の自分は高校生で相手は教師なのだし、百合子もとことん満足だったようなので構わないだろう。

「ああ、良かったわ、すごく……」

完全に動きを止めると、百合子も熱く囁き、肌の強ばりを解いてグッタリと力を抜き、遠慮なく体重を預けてきた。

まだ膣内は名残惜しげにキュッキュッと収縮を繰り返し、射精直後で過敏になった幹が中でヒクヒクと震えた。

そして竜児は美人教師の重みと温もりを受け止め、熱くかぐわしい吐息を嗅ぎながら、うっとりと余韻に浸り込んでいったのだった。

すると呼吸を整えながら、百合子がしきりに洟《はな》をすすり、小さな嗚咽《おえつ》の声を立てはじめたのだ。

激情が過ぎ去ると彼女は、おそらく生徒と交わってしまい、教師の道に外れたことを嘆いているのだろう。

「どうか泣かないで、僕が望んだことですから後悔しないで下さいね。僕も、このことは大切な思い出にしますから」

「ええ……」

「でも、またしましょうね」

竜児は下から言い、百合子の湿った鼻の穴を舐め回した。

鼻水は、何やら彼女の愛液そっくりなヌメリと味わいがして、また彼自身は中でムクムクと回復しそうになってしまったのだった。

4

「ね、お父さん、明日の日曜は馬券買うんでしょう?」

土曜の夜、夕食のあとに竜児は、テレビを観ながらハイライトをくゆらせている父の道明に言った。母は後片付けをすませ、風呂に入っている。

「ん? ああ、京都で菊花賞があるからな。それがどうした」

「実は、買って欲しい馬券があるんだけど、今朝、夢で見たんだ。菊花賞の一着がどの馬か」

「なに、お前競馬なんかに興味があるのか」

道明は目を丸くした。

「ないし、もし当たっても二度と予言は出来ないので、今回だけは僕の言う馬を買って。こんなこと言うのは人生で一度きりなので」

「ふむ……」

道明も、真剣な眼差しをしている竜児を見て答えた。

「お前は、全く親を困らせない良い子だ。嘘をついたこともない」

「うん、だから僕を信じて買って。僕の小遣いが二万あるから、これとお父さんの分も合わせて。これ、一着の馬の名前」

竜児は二万円を出して言い、未来の競馬新聞からのメモを渡した。二万は、お年玉や親戚からの小遣いを貯めたものである。

「なに？　タケホープ？　騎手が武邦彦か。お前、お父さんがハイセイコー一筋だってのは知ってるだろう。ましてタケホープは、以前もハイセイコーを負かした憎い奴なんだ」

メモを見た道明が言った。

「うん、今回ハイセイコーは三位なんだ。同タイムだけど鼻の差で」

「そんな……」

「明日だけは、他の馬に目もくれないで一点買いにして」

「まあ、お前がそこまで言うなら……。単勝で千円の特券を何枚か……、お前が二万ならお父さんはもう少し多く買わないとな……」

道明は呟いた。レースが京都なので、明日は新宿の場外馬券場に行くのだろう。

もちろん今までも家系を脅かすような買い方はせず、せいぜい五千円ぐらいだろうが、明日だけは奮発してもらった方が良い。

何しろ、未来のスポーツ新聞で、当たり馬券が掲載されていたのはただの一紙だけなのである。

「よし、分かった。明日だけはお前を信じることにしよう」

「くれぐれも、他の馬は買わないで」

「分かったよ。当たったら山分けにしよう」

「ううん、二万返してくれればいいから」

竜児は言い、母が風呂から上がってきたので彼は自室に引っ込んだ。

これで、ささやかながら親孝行が出来るだろう。

（それにしても……）

竜児は思った。

すでに美佐子や百合子と交わり、過去にしていないことをどんどん増やしてしまっているが、これで未来が変わってしまうのだろうか。

どんなに些細な個人的な出来事でも、長いうちには世の中に大きな変化をもたらしてしまうかも知れない。一頭の蝶の羽ばたきが、いずれ嵐を巻き起こすバタフライ・エフェクトというやつである。

今から勉強すれば、一度目よりもっと良い大学や会社に入れるかも知れないが、それでは職場で妻と出会わないし、二人の息子とも再会できないだろう。

ここは、やはり同じ会社に入るべきで、もし未来が変わっていたら、そのときはそのときで良いと思うしかない。

まだ竜児は、これが夢の世界のような気がした。ある朝目覚めたら六十七歳に戻っているかも知れないのだ。

(なるようになるか……)

彼は思い、どちらにしろ性欲だけは我慢せず、しかも女性を傷つけることなく、とことん大胆に行動しようと思ったのだった。

翌日、道明はいそいそと出てゆき、母はパートで竜児は外出せず、一人で読書して過ごした。

そして夕方、電話が鳴ったので竜児が出ると、道明からだった。

「竜児！　本当に当たったぞ！　鼻の差だった！」

「そう、それは良かった。お父さんはいくら注ぎ込んだの？」

「三万だ。お前と合わせて五万、それが九倍の四十五万になった！」

何だ、そんな程度かと思ったが、この時代だから父の月給より倍以上も多い。まあ未成年の自分が買えないのだし、金もないから仕方がない。

それでも信用してくれ、父が三万出したのは大奮発であった。

ささやかな幸せとは、この程度で良いのかも知れない。

「何か欲しいものはあるか。買っていくぞ」

言われたが、まだウォークマンもビデオカメラもない時代である。一瞬、ポラロイドでも買ってもらい、女性のアソコでも撮りたいと思ったが、そんなことより生身に専念した方が良いだろう。

「ううん、何も要らないから気をつけて帰ってきて」

「分かった。お母さんには内緒だぞ」

そう言い、父は電話を切った。

まあ競馬に行ったことは母も知っているのだから、少々の臨時収入があっても構わないだろう。母は競馬のことなど知らないから、たまたま僅かな金で多く勝ったということで納得するに違いない。

夕方、母と父は同じ頃に帰宅し、道明はケーキを買ってきた。そして母のいないところで、二万ならず三万を竜児に返してくれたのである。もっと出すと言ったのを、竜児が固辞したのだった。

「その代わり、もう予知夢は見ないと思うから、今回きりだよ」

「ああ、分かった。でも、もしまた未来の夢を見たら教えてくれ」

道明が言い、家族三人で夕食後にデザートのケーキを食べた。

竜児は、成人してからはあまり甘い物は好まなかったが、十七歳の舌で味わうと実に旨かった。

そして翌日の月曜、竜児はいつものように登校した。

朝のホームルームでも、百合子はいつもと変わらず、もちろん竜児と目を合わせても平然としていた。

やはり割り切ってしまえば、女性の方がずっと強《した》かに出来ているのだろう。

やがて一日の授業を終えた。

学食のカレーライスも懐かしい味だし、授業で急に指されても、どの教科でも彼は無難に答えることが出来た。

放課後、竜児はカバンを持って教室を出ると、トイレで歯磨きと小用をすませ、旧館の文芸部の部室に行った。

解錠されているので、中に入ると美佐子がいた。

「美佐子先輩、ピアノやってるんですね」

「ええ、他には書道とお花もやってるわ」

美佐子が、戸を内側からロックしながら言う。それを見て、彼の胸と股間は期待に熱くなった。

「今日は、松川先生来るかな」

竜児は言った。百合子と深い仲になったので、何かとここへ顔を出しに来るのではないかと心配したのだ。

「月曜は職員会議の日だから来ないわ」

美佐子は、まるで校内の主みたいに何でも知っているように答え、てきぱきとエアーマットを床に敷いた。すっかり、その気になって、することを前提に彼を待っていたらしい。

「あれから辰宮のことばっかり考えてしまったわ。あんまり良かったので」

クールな美佐子が、ほんのり頬を紅潮させて言った。よほど前回が気持ち良かったのだろう。

「うん、僕もまだ夢見心地で体がフワフワしている」

彼は答えたが、もちろん百合子としたことは内緒だ。

「してほしいことある？」

「うん……」

美佐子が嬉しいことを言ってくれるので、彼は頷きながら学生服と上履きを脱ぎ、エアーマットに仰向けになった。

「足を顔に乗せて……」

「まあ、そんなことしてほしいの？　いいけど」

言うと美佐子は椅子に掛け、両足とも上履きとソックスを脱いだ。

そしてマットに移動し、彼の顔の横にスックと立った。

セーラー服の女子高生を真下から見るというのも、実に興奮する眺めである。

美佐子は壁に手を付いて身体を支えながら、片方の足を浮かせると、ためらいなくそっと彼の顔に足裏を乗せてきた。

「わあ、変な気持ち……」

彼女が言い、竜児は美少女の足裏の感触を味わい、舌を這わせながら指の間に鼻を押し付けて嗅いだ。今日も指の股はジットリと汗と脂に湿り、蒸れた匂いが濃く沁み付いていた。

竜児は匂いを貪って鼻腔を刺激され、爪先にしゃぶり付いて順々に指の股に舌を割り込ませて味わった。

「あう、くすぐったくて、いい気持ち……」

美佐子が呻き、彼は足を交代してもらい、そちらも新鮮な味と匂いを貪った。

「じゃ、跨いでしゃがんで。トイレみたいに下着を下ろして」

真下から言うと、美佐子も遠慮なく彼の顔に跨がり、裾をめくって下着を下ろしながら、ゆっくりしゃがみ込んできた。

5

「アア……、恥ずかしくて、ドキドキするわ……」

美佐子が声を震わせ、和式トイレスタイルで完全にしゃがみ込むと、白い内腿と脹ら脛がムッチリと張りつめて量感を増し、丸出しの割れ目が竜児の鼻先にズームアップしてきた。

大股開きのため、はみ出した陰唇が僅かに開き、すっかり柔肉が期待にヌラヌラと潤っているのが見えた。

腰を抱き寄せ、若草の丘に鼻を埋め込んで嗅ぐと、やはり蒸れた汗とオシッコの匂いに、淡いチーズ臭が混じって鼻腔を刺激してきた。

「いい匂い……」

竜児はうっとりと酔いしれて言い、存分に胸を満たしてから舌を這わせた。

ヌメリで滑らかになった舌先で膣口をクチュクチュ掻き回し、ゆっくり味わいながらクリトリスまで舐め上げていくと、

「アアッ……、いい……！」

美佐子が熱く喘ぎ、思わずキュッと座り込みそうになると懸命に彼の顔の左右で両足を踏ん張った。彼はチロチロとクリトリスを舐め回しては、新たに垂れてくる蜜をすすった。

そして尻の真下に潜り込み、顔じゅうに白く丸い双丘を受け止めながら、谷間の蕾に鼻を埋めて嗅いだ。蒸れた匂いと生々しい刺激が鼻腔を掻き回し、彼は嗅いでから舌を這わせ、ヌルッと潜り込ませた。

「あう……」

美佐子が呻き、キュッと肛門で舌先を締め付けた。

竜児は舌を出し入れさせるように蠢かせ、味と匂いを堪能してから再び割れ目に戻った。

「ね、オシッコしてみて」

「まさか、飲みたいの？　少しなら出るかな……」

真下から言うと、彼は答えた。仰向けだし、室内なので少ない方がありがたい。それに百合子で体験してから、美女の出したものを受け入れるのが病みつきになりそうだった。

彼女が息を詰め、下腹に力を入れて懸命に尿意を高めると、舐めている柔肉が妖しく蠢いた。そして百合子よりもずっと早く、ためらいなく美佐子はチョロチョロとか細い流れを出してくれたのである。

それにこの時代の子は和式に慣れているから、同じ体勢のため出しやすかったのだろう。

竜児は懸命に口に受け、味わう余裕もなく夢中で喉に流し込んだ。

仰向けなので噎せないよう注意したが、美佐子が言った通り流れは弱く、量も少なめだった。

「アア、こんなことするなんて……」

美佐子が喘ぎながら言い、一瞬勢いが増したものの、間もなく流れは治まってしまった。

とうとう一滴余さず飲み干すことが出来、竜児は滴る雫をすすり、ようやく感じた淡い残り香の中で柔肉を貪った。

「あう、いいわ。脱いで……」

美佐子がビクッと股間を引き離して言ったので、彼もベルトを解き、腰を浮かせて下着ごとズボンを膝まで下ろした。

すると彼女が移動し、ピンピンに勃起したペニスに屈み込んできた。

熱い息がかかり、幹に指が添えられると、美佐子は粘液の滲む尿道口をチロチロと舐め回し、張りつめた亀頭を含んで吸い付いた。

そしてスッポリと喉の奥まで呑み込むと、たっぷり唾液を出して濡らし、少しだけスポスポと摩擦してから口を離した。

唾液に濡らすだけが目的だったようで、すぐにも彼女は跨がり、先端をゆっくり膣口に受け入れていった。

ヌルヌルッと滑らかに根元まで嵌め込んで股間が密着すると、

「アアッ……、いい気持ち……」

美佐子が顔を仰け反らせて喘ぎ、竜児も肉襞の摩擦と締め付け、熱いほどの温もりと潤いを味わって高まった。

彼は両手を伸ばして抱き寄せ、両膝を立てて尻を支えた。股間をスカートが覆うので、炬燵のように快適である。

美佐子が身を重ねてくると、彼は顔を引き寄せ、下からピッタリと唇を重ねた。

舌を挿し入れて歯並びを舐めると、すぐ彼女もチロチロと舌をからめてくれた。

ズンズンと股間を突き上げはじめると、

「ンンッ……！」

美佐子が熱く呻き、合わせて腰を遣いはじめた。

たちまち互いの動きが滑らかになり、ピチャクチャと淫らに湿った摩擦音が聞こえてきた。

「ああ……、すぐいきそうよ……」

美佐子が口を離して言い、収縮と潤いを増していった。

竜児も高まりながら、美佐子の吐き出す甘酸っぱいイチゴ臭の息を嗅いで突き上げを強めていった。

「唾を飲ませて……」

「何でも飲みたがるのね」

せがむと美佐子が答え、たっぷりと口に唾液を溜めて迫り、トロトロと白っぽく小泡の多いシロップを吐き出してくれた。

舌に受けて味わい、うっとりと喉を潤すと急激に絶頂が迫ってきた。

さらに竜児は美佐子の喘ぐ口に鼻を押し込み、口の中の湿り気ある果実臭で心ゆくまで胸を満たした。

するると先に、彼女がガクガクと小刻みな痙攣を開始したのである。

「い、いっちゃう……、アアーッ……！」

美佐子が声を上ずらせ、収縮を活発にさせながら狂おしく身悶えた。

どうやらオルガスムスに達してしまったようで、彼も吸い込まれるような収縮に巻き込まれ、続いて昇り詰めてしまった。

「いく、気持ちいい……！」

竜児は口走りながら、ありったけの熱いザーメンをドクンドクンと勢いよくほとばしらせた。

「あう、感じる、もっと……！」

奥深い部分を直撃され、美佐子が駄目押しの快感に呻いて締め付けを強めた。

竜児は快感を味わいながら、心置きなく最後の一滴まで出し尽くしていった。

すっかり満足しながら徐々に突き上げを弱めていくと、

「ああ……」

美佐子も声を洩らして硬直を解き、グッタリともたれかかってきた。

まだ息づく膣内で、彼自身がヒクヒクと過敏に震えた。

そして竜児は、美佐子の熱くかぐわしい吐息で鼻腔を満たしながら、うっとりと快感の余韻を味わったのだった。

「すぐいっちゃったわ、もっといろいろしてみたかったのに……」

美佐子が言い、そういえば彼もオッパイを舐めていないことを思い出したが、それでも二人とも気持ち良かったのだから、これで良いのだろう。

竜児が手を伸ばしてポケットティッシュを探ると、美佐子も身を起こしてスカートをめくり、受け取ったティッシュを割れ目に当てて股間を引き離した。

彼も自分でペニスを拭うと、美佐子は下着を穿いて立ち上がった。

どうやら今日は一回で終わりらしい。もう一度ぐらい抜いて起きたかったが、仕方なく彼も起き上がって身繕いをした。

「辰宮のクラスに、吉行美穂《よしゆきみほ》っているでしょう？」

美佐子が髪を直しながら言った。

「ええ、いますよ」

竜児も、美穂の可憐な顔を思い出して答えた。

美穂はショートカットで笑窪のある、小柄な美少女である。確か何のクラブ活動もしていないようだった。

「それが何か？」

「中学から一緒で仲良しなんだけど、文芸部に勧誘して。私が自分で誘うのも何か決まり悪いので」

何かあったのだろうか。もちろん美穂に声を掛けるぐらい造作もないことだ。

「あの子、吉行先生の娘なのよ。保健室の」

「え？　そうだったんですか」

言われて彼は驚いた。

養護教諭の吉行貴美江《きみえ》は、四十歳前後の豊満巨乳の美熟女で、竜児は百合子と同じぐらい、自分の手ほどきの相手として妄想オナニーをしていたのである。まして保健室だからベッドもあるし、避妊の知識も万全だろう。

「春に私、男子をボコボコにしたことがあって、そいつが保健室で治療されながら私にされたって言いつけたのね。それで、急に美穂が私と距離を置くようになったのできっと吉行先生から、私とは付き合うなって言われたんだと思うわ」

「へえ、男子をボコボコに……」

竜児は驚いて言ったが、気の強い美佐子ならそれぐらいするだろうと思った。

「分かりました。明日にでも吉行に話してみますね」

竜児が答えると、美佐子はそれで先に帰っていった。

彼は一人部室に残り、クズ籠に残った、美佐子の愛液の沁み込んだティッシュを嗅いで抜こうかと思ったが、やはり明日の良いことに期待して控えることにした。

(そういえば、十七歳に戻ってから一度もオナニーしてないぞ……)

竜児は思い、やがて自分も帰ることにしたのだった。

第三章　いけない好奇心少女

1

「辰宮君、何だか変わったわ」

翌日の放課後、竜児は美穂に話しかけようと近づくと、何と彼女の方から口を開いてきたのだ。

「そうかな、自分じゃ分からないけど」

「どんな授業でも指されれば答えられるし、急に大人っぽくなったみたい」

美穂が言い、カバンを持って教室を出ると、どちらからともなく二人で並んで歩きはじめた。

「あの、文芸部に入らないか。僕も入ったばかりだけど。君も、よく図書館で見かけるから、本は好きなんだろう」

「ええ、部長は福田美佐子さんね？」

「ああ、中学からの知り合いだって言うから、勧誘を頼まれたんだ」

「美佐子さんは不良だから、ママ、いえ吉行先生が付き合っちゃいけないって」

美穂が言う。

「でも、彼女のこと嫌いじゃないんだろう？」

「ええ、お姉さんのように思ってるわ。それに、美佐子さんが殴ったのは、私をからかっていた二人の男子なの」

「へえ、二人もやっつけたんだ。美佐子先輩、ピアノやお花だけじゃなく……」

「少林寺拳法をやっていたわ」

美穂が言い、竜児は目を丸くした。話を聞くと、二人の三年生男子は美佐子に殴られて鼻血を出し、もう一人は目尻を切ったらしい。

それでも、女子にやられたことを恥と思わず、保健室の貴美江に言いつけたのだから大した男たちではなさそうだ。以後、二人は美佐子を怖がって近づくことはしていないらしい。

「ならば、文芸部に入って美佐子先輩との仲を修復したら良いんじゃないか？　どうせ保健室から旧館までは遠いんだし、知られることはないよ」

「ええ、私もそうしたいと思うわ」

美穂が言う。どうやら貴美江は一人娘に厳しく、美穂もそんな呪縛から逃れたいと思っていた矢先のようだ。

「じゃ文芸部室へ行こう」

竜児が誘って旧館への渡り廊下を進むと、そのとき脇の階段から降りてきた二人の三年生男子と行き合った。

すると二人は、美穂を認めると薄ら笑いを浮かべて近づいてきたのだ。

「この二人です……」

美穂が囁き、竜児の後ろに隠れた。

「へえ、吉行、彼氏できたか。前に頼んだ、ママの入浴写真でも持ってきてくれ」

「お前のでもいいんだぜ」

性懲りもなく、二人は美穂にからんできた。二人とも大柄だが実に頭が悪そうで、まず受験勉強などしていなさそうだった。

「さあ、行こうか」

竜児は美穂を促し、歩き出そうとした。

「おい、待てよ！」

すると一人が竜児の肩を摑んで振り向かせざま、パチンと頰を殴ってきたのだ。

脅しのためか、大して痛くも恐くもなく、竜児はニヤリと笑った。

「な、なに笑ってんだ」

「先に手を出すのを待ってたんだよ」

竜児は言うなり、素早い掌底《しょうてい》を相手の顎に炸裂させた。

「うがッ……！」

男は奇声を発すると、仰向けに倒れながらズーッと二メートルばかり滑っていって壁に激突した。

「て、てめえ……！」

もう一人が摑みかかってきたので、飛燕のような回し蹴りを男の左太腿に強烈にヒットさせると、パーン！　と激しい音がした。

「うああッ……！」

堪らずに男は転倒し、脚を押さえて苦悶した。

(覚えた技は生きてるな。体力は標準でも、若いぶん瞬発力がある)

空手五段の竜児は自己分析しながら、倒れて呻く二人に言った。

「また保健室へ行って言いつけるか。今度は下級生にやられたとな」

彼は言い、呆然としている美穂の肩に手をかけ、旧館へと歩いて行った。

「す、すごい、辰宮君……」

美穂が笑窪の浮かぶ頬を染め、溜息混じりに言った。恐怖と緊張で、甘ったるい匂いが濃く漂った。

渡り廊下に人はおらず、他には誰にも見られなかったようだ。

「大したことないよ。あいつらがね」

「美佐子さんより強いみたい……」

美穂は言い、やがて竜児は施錠されている文芸部室の鍵を開けて彼女を中に招き入れた。

「美佐子先輩は来ていないな」

「今日は習いごとの日だわ。部室に来るのは週に一、二回と言っていたので」

美穂は、距離を置いていても美佐子の生活パターンはよく知っているようだ。

竜児は戸を内側からロックし、美穂を椅子に座らせた。

「じゃ、入部ってことでいいかな？」

「ええ、ママには内緒にするので」

言うと彼女が答え、秘密を持つことに密かな悦びを感じているようだ。

美穂は校内に母親が勤務しているので今まで堅苦しく、そんな思いも限界に来ていたのだろう。

二人きりとなり、竜児は痛いほど股間を突っ張らせてしまった。

この部室では、淫らなことしかしていないので、自然に身体が反応してしまうのかも知れない。

それに美少女の美穂のことも、竜児は前から意識していたのである。

ただ美穂は早生まれらしく、年下のように愛くるしい美少女と何かするには、まず自分が百合子か美佐子、あるいは貴美江に手ほどきを受けてからという気持ちが強かったのだ。

しかし、今はすっかり大人のテクを身に着けている。

「吉行は、彼氏いるの？」

「いないわ」

「そう、じゃキスも経験していないんだね」

「それはあるわ」

「え……？」

はっきり言われ、竜児の胸がチリチリと嫉妬に焦げた。

「す、好きでもない奴にいきなり奪われたとか？」

「ううん、美佐子さんと」

「うわ、女同士で……」

竜児は驚きつつも納得した。あの美佐子なら、男女を問わず何でもＯＫという雰囲気を持っているのだ。

恐らく美穂も、レズというよりシスター感覚で美佐子に好奇心を向けていて、そんな様子もあって貴美江が二人の仲を危惧したのではないだろうか。

「じゃ男とはしていないんだね」

「ええ……」

「僕が奪ってもいい？」

竜児は椅子に座った美穂に迫って言い、そっと水蜜桃のような頰を両手で挟んだ。

すると彼女も嫌がらず、微かに開いた唇から熱い息を漏らし、じっと竜児を見上げていた。

どうやらさっきの活劇からの興奮が残り、吊り橋効果のように胸のときめきが治まらないのだろう。

竜児は顔を寄せ、僅かに傾けて鼻を交差させると、そっと唇を重ね合わせた。

すると美穂が長い睫毛を伏せ、彼は唇に伝わるグミ感覚の弾力と唾液の湿り気に酔いしれた。

初めて処女のファーストキスを奪い、しかもキスから始めるという真っ当な行動をしているのだ。

間近に見る美少女の頰は、本当に水蜜桃のように窓から射す初冬の陽を受け、産毛が輝いていた。

しかし美穂にとっては男との初キスだから、いきなり舌をからめるのは控え、竜児は清らかな感触を味わっただけでそっと唇を離した。

「美佐子先輩とは、舌を触れ合わせた？」

囁くと、美穂が小さくこっくりした。どこまでしたのだろうかと興奮しながら、再び彼は唇を重ねた。今度は二度目だから、舌をからめても良いだろうし、すでに彼女は同性で経験しているのだ。

舌を挿し入れ、滑らかな歯並びを舐めると、美穂の歯もおずおずと開かれ、奥への侵入を許してくれた。

触れ合わせ、チロチロと蠢かすと美少女の舌も蠢き、滑らかな舌触りと生温かな唾液のヌメリを伝えてきた。

彼女の熱い鼻息に鼻腔が湿り、彼自身は痛いほど突っ張ってきた。

次第に美穂の舌の蠢きも活発になり、長いこと二人は息を混じらせて舐め合った。

ようやく唇を離すと、室内の空気がひんやり感じられた。それだけ長く彼女の吐息だけを嗅いでいたのだ。

美穂も薄目を開け、とろんとした眼差しを竜児に向け、このままエスカレートして良い雰囲気を漂わせていたのだった。

2

「美佐子先輩とは、キスして舌を触れ合わせただけ？」

竜児は、気になっていることを訊いてみた。

「オッパイも……」

「吸い合ったの？」

興奮しながら訊くと、美穂が小さくこっくりした。

「他には？」

「全部、身体中舐め合ったし、指も入れたわ」

「うわ、すごい……」

彼は驚いた。清楚で大人しめな美少女が、すでに同性を相手に、ペニスの挿入以外の全てを経験していたのである。

完全無垢な処女というのとは少し違うが、相手が同じ女性だから、竜児も嫉妬は湧かず、むしろ興奮が高まった。

これなら、今日とことんしても大丈夫だろう。

「じゃ脱いで、ここに寝てね」

竜児は、壁に立てかけられているエアーマットを床に敷いて言うと、美穂も素直に上履きを脱いでエアーマットに座り、セーラー服をたくし上げてブラのホックを外しはじめた。

そしてスカートをめくって下着だけ脱ぎ去ると、素直に仰向けになった。

やはり校内だから、全裸になるのは気が引けたようだ。

エアーマットにもすぐ寝たので、あるいは以前、ここで美佐子としたことがあるのかも知れない。

竜児も、首が窮屈なので詰め襟の学生服だけ脱ぎ、美穂にのしかかっていった。裾をたくし上げると、緩んだブラから神聖な膨らみが覗いていた。

さすがに乳首と乳輪は、初々しい桜色で、甘ったるい匂いが漂った。

屈み込み、チュッと乳首を含んで舌で転がし、生ぬるい匂いを嗅ぎながら、顔じゅうで張りのある膨らみを味わうと、

「アア……」

美穂がか細く喘ぎ、クネクネと身悶えはじめた。

すでに同性で体験しているとはいえ、やはり初めての男子に触れられるのは特別なようだ。

竜児は左右の乳首を交互に含んで舐め回し、さらに乱れたセーラー服の中に潜り込み、生ぬるく湿った腋の下にも鼻を埋め込んで嗅いだ。

スベスベの腋には、甘ったるい汗の匂いが籠もり、竜児は美少女の体臭で胸を満たした。

充分に嗅いでから舌を這わせると、美穂は少しもじっとしていられないように身をよじらせ、熱い息を弾ませた。

肌を舐め降り、スカートのウエストを僅かに下げて、愛らしい縦長の臍を探ると、

いったん顔を上げて足の方へ移動した。

僅かに足裏が変色した白いソックスを両足とも脱がせ、素足の裏に舌を這わせ、縮こまった指の間にも鼻を押し付けて嗅いだ。

美穂は、神妙に身を投げ出し、されるままになっている。

爪先はひんやりし、指の股は汗と脂の湿り気があり、ムレムレの匂いが鼻腔を刺激してきた。

充分に嗅いでから爪先にしゃぶり付き、桜貝のような爪を舐め、順々に指の間に舌を割り込ませて味わった。

「あう、ダメ……！」

美穂が呻き、くすぐったそうに身をよじらせた。どうやら、これは美佐子にされていないようである。

竜児は、両足とも全ての味と匂いを貪り尽くし、彼女を大股開きにさせた。

脚の内側を舐め上げ、白くムッチリした内腿をたどりながら裾をめくり上げると、処女の股間が露わになった。

ぷっくりした丘には、ほんのひとつまみほどの若草が楚々と煙り、割れ目からはピンクの花びらがはみ出していた。

そっと指を当てて陰唇を左右に広げると、中も綺麗なピンク色の柔肉で、清らかな蜜にヌメヌメと潤っていた。

無垢な膣口が襞を入り組ませて息づき、小さな尿道口も確認できた。

包皮の下からは小粒のクリトリスが覗き、神聖な眺めに、もう堪らずに竜児は顔を埋め込んでいった。

柔らかな若草に鼻を擦りつけて嗅ぐと、やはり蒸れた汗とオシッコの匂いに、美佐子よりもやや濃いチーズ臭が馥郁《ふくいく》と籠もり、彼の鼻腔を掻き回してきた。

嗅ぎながら舌を挿し入れ、膣口の襞をクチュクチュ掻き回し、小さなクリトリスまでゆっくり舐め上げていくと、

「アアッ……！」

美穂がビクッと顔を仰け反らせて喘ぎ、内腿でキュッと彼の顔を挟みつけてきた。

やはり小粒でも、クリトリスが最も感じるようだ。

舌先でチロチロと上下左右に舐め回し、味と匂いを貪ると、さらに彼女の両脚を浮かせ、オシメでも替えるような格好にさせると尻に迫った。

谷間にひっそり閉じられた薄桃色の蕾は、他の誰よりも可憐だった。

蕾に鼻を埋め、顔じゅうで双丘の弾力を味わって嗅ぐと、やはり蒸れた汗の匂いに

混じり、淡いビネガー臭が悩ましく鼻腔を刺激してきた。

胸を満たしてから舌を這わせ、細かな襞を濡らすと、ヌルッと潜り込ませて滑らかな粘膜を味わった。

「あう……！」

美穂が呻き、浮かせた両脚を震わせながら、キュッキュッと肛門で彼の舌先を締め付けてきた。

竜児は舌を蠢かせ、淡く甘苦い粘膜を探ってから、ようやく脚を下ろした。

そして彼もズボンと下着を脱ぎ去って下半身を丸出しにすると、勃起した幹を震わせて股間を進めていった。

幹に指を添え、急角度に突き立っているペニスを下向きにさせ、先端を濡れた割れ目に擦り付けた。

そして充分にヌメリを与えると、位置を定めてゆっくり挿入していった。

張りつめた亀頭が潜り込むと、処女膜が丸く押し広がる感触がし、あとはヌルヌルッと滑らかに根元まで入れることが出来た。

「アアッ……！」

美穂が眉をひそめて喘ぎ、彼はさすがにきつい締め付けを感じながら股間を密着させた。中は熱いほどの温もりに満ち、じっとしていても異物を確かめるような収縮が繰り返された。

彼が脚を伸ばして身を重ねると、美穂も支えを求めるように下からしがみついた。

「大丈夫……？」

気遣《きづか》って囁くと、美穂も小さく頷いた。

彼は彼女の肩に手を回して顔を寄せ、喘ぐ口に鼻を押し付けて熱い吐息を嗅いだ。

それは甘酸っぱい果実臭だが、美佐子とは微妙に異なり、桃の実を食べた直後のように可愛い匂いだった。

美少女の吐息の匂いに高まったが、やはり中出しは避けた方が良いだろう。

美穂は、美佐子のように、きっちり安全日を確認している様子はない。

未来に、美穂が彼の子を孕んだという歴史もないが、そんな自分勝手な理屈で中出しは出来ず、未来を変えてしまうことも避けたかった。

そこはさすがに、六十七歳の分別というものだろう。

竜児は美穂の甘酸っぱい吐息に興奮を高め、何度かズンズンと律動しただけで身を起こし、そろそろと引き抜いていった。

「ああ……」

美穂が声を洩らし、まだ異物感が残っているように身を強ばらせていた。

割れ目を見たが、幸い出血した様子はない。

彼は添い寝し、美穂の顔を股間の方へと押しやった。

すると美穂も心得たように移動すると、大股開きになった彼の股間に腹這いになって顔を寄せてきた。

「これが入ったの……」

美穂は熱い視線を注いで言い、恐る恐る幹に触れた。さらに陰嚢をいじって睾丸を探り、袋をつまみ上げて肛門の方まで覗き込んできた。

そして再び幹に指を戻し、蜜に濡れて張りつめた亀頭に触れた。

「お口で可愛がって……」

竜児が幹を震わせて言うと、美穂も舌を伸ばし、肉棒の裏側をゆっくり舐め上げてくれた。

滑らかな舌が先端まで来ると、美穂は粘液を滲ませた尿道口をチロチロと舐め、自分の処女を奪った亀頭を含んできた。

「深く入れて……」

言うと美穂もスッポリと喉の奥まで含み、幹を締め付けて吸い、熱い鼻息で恥毛をくすぐった。口の中ではチロチロと舌が蠢き、たちまち彼自身は美少女の清らかな唾液に温かくまみれた。

快感に任せてズンズンと小刻みに股間を突き上げはじめると、

「ンン……」

喉の奥を突かれた美穂が呻き、唾液の分泌を活発にさせた。そして彼女も合わせて顔を上下させ、濡れた口でスポスポと摩擦してくれた。

たまにぎこちなく触れる歯も、新鮮な快感をもたらしてくれた。

竜児は次第にリズミカルに股間を突き上げ、美少女の神聖な口を汚す悦びに包まれながら、激しく昇り詰めてしまったのだった。

3

「あう、いく、気持ちいい……、お願い、飲んで……！」

竜児は、大きな絶頂の快感に身悶えながら口走り、同時に熱い大量のザーメンをドクンドクンと勢いよくほとばしらせた。

「ク……」

喉の奥を直撃された美穂が呻き、それでも噎せ返らずに、なおも摩擦と吸引を続行してくれた。

幹を脈打たせながら、思い切り美少女の口に射精するのは実に激しい快感だった。

竜児は股間を突き上げ、溶けてしまいそうな快感を心ゆくまで味わい、最後の一滴まで出し尽くしていった。

「ああ……、良かった……」

竜児は満足しながら声を洩らし、グッタリと力を抜いて身を投げ出した。

美穂も動きを止めると、ペニスを含んだまま口に溜まったザーメンを、一息にコクンと飲み下してくれたのだ。

「あう、いい……」

喉が鳴ると同時に口腔がキュッと締まり、彼は駄目押しの快感に呻きピクンと幹を跳ね上げた。

ようやく美穂が、チュパッと軽やかな音を立てて口を離すと、別に不味くはなかったか、なおも白濁の雫の滲む尿道口をペロペロと舐め、綺麗にしてくれたのだった。

「あうう、も、もういい、ありがとう……」

舌の刺激にヒクヒクと過敏に幹を震わせながら、彼は降参するように腰をよじって言った。

　そして彼女の手を引いて添い寝させると、竜児はセーラー服の胸に抱かれたまま荒い動悸と呼吸を整えた。

「飲むの、嫌じゃなかった？」

　訊くと、美穂も小さくこっくりした。

　美少女の吐き出す息にザーメンの生臭さは残っておらず、さっきと同じ甘酸っぱく可愛らしい桃の匂いがしているだけだった。

　美穂の息を嗅ぎながら、うっとりと余韻を味わっていると、

「中に出さなかったのね……」

　彼女が竜児の顔を胸に抱きながら言った。

「ああ、やっぱり心配だったからね」

「大丈夫なのに。美佐子さんからいろいろ計算法を教わっているので」

　美穂が言う。どうやら基礎体温法やオギノ式など、美佐子から細かに教授されていたようだ。

　それなら中出しすれば良かったと思ったが、すでに一度挿入したのだから、彼女も処女喪失の意識は持ったことだろう。

だが竜児は、せっかくの美少女に慌ただしく二回挿入するより、今日は口内発射で満足するべきだと思った。

それに、やはり校内は落ち着かないのである。

やがて呼吸を整えると、竜児は起き上がって身繕いをした。

すると美穂も身を起こして下着を穿き、乱れたセーラー服を整えた。

「文芸部は、どんな活動してるの」

美穂に訊かれたが、考えてみればセックス以外は何もしていないのである。

「美佐子先輩が来たとき、三人でいろいろ活動のことを話し合おう」

「ええ、じゃ私、今日は帰るわね」

彼女が言い、特に後悔している様子も見受けられなかったので、竜児も安心したものだった。

どうしても少女に対しては、本来の年齢の心配が湧き上がってしまうのである。それなら、しなければ良さそうなのに、やはり欲望に突き動かされてしまい、冷静になるのはすんでからなのだった。

美穂が帰っていくと、竜児は暫し処女相手の感触や匂いを思い出し、やがて自分も帰ることにした。

部室を施錠し、旧館から新館の一階に行くと、ちょうど保健室の前で、例の三年生男子二人が出てきたところだった。

「うわ……！」

二人は竜児を見ると声を洩らし、そそくさと下駄箱の方へ逃げ去っていった。一人は脚を引きずっているので、太腿への蹴りがかなり効いているようだ。

「まあ、もしかして……」

二人を見送った養護教諭の貴美江が、一瞬で悟ったのか、竜児を睨むように見て言った。

保健室にいるだけだから全ての生徒を知っているわけではないが、健康診断の時など、やはり娘の美穂と同じクラスだし、前に風邪で休ませてもらったことがあるので貴美江は竜児の名を知っていた。

「辰宮君が、あの二人を痛めつけたのね」

「ええ、まあ……」

「ちょっと入って」

貴美江に言われ、竜児も中に入った。貴美江の一人娘である美穂を相手に射精したばかりなので、少々決まりが悪い。

白衣の貴美江は椅子に掛け、彼を向かいに座らせた。そこはいかにも診察室風で、手洗いの流しや洗面器、薬棚があり、カーテンの向こうはベッドルームだが、今は誰もいないようだ。

貴美江は髪をアップにし、色白豊満の巨乳だが顔立ちは整い、実に魅惑的な美熟女である。しかも咎めるようなきつい眼差しが魅力で、百合子とは違うタイプへの憧れがあった。

「どうして乱暴するの」

「どうせ軽い打撲でしょう。湿布程度ですんだはずです」

「だって、太腿は相当腫れていたし、顎を殴られて仰向けに倒れたから後頭部も打っていたわ。大変なことになるところだったのよ」

貴美江が言う。まあ受け身も知らないくせに殴りかかってきたのだから、自業自得というものだろう。

「でも、あいつら美穂ちゃんにしつこくからんでいたんですよ」

「え……？」

言うと、貴美江が驚いて目を丸くした。やはり連中は、細かな経緯など言っていないのである。

「それに、前に福田美佐子先輩があの二人をやっつけたときも、美穂ちゃんを庇ってのことですし」

「まあ、そうだったの。全然知らなかったわ……」

貴美江が視線を落とし、嘆息混じりに言った。

「確かに美穂ちゃんは可愛いから、何かと目をつけられていたんです。でも、もうこれで懲りたと思いますけど」

「あの二人、ここでは神妙にしていたのに」

「あいつら、美穂ちゃんにママの、つまり吉行先生の入浴写真を撮って持ってこいなんて言い寄っていたんです」

「まあ、そんなことを……」

「そんな写真があったら僕だって見たいですけど、いえ失礼」

竜児は本来の年齢の感覚で言い、あの可憐な美穂は、この魅惑的な美熟女から生まれたのだなと思い、股間を熱くさせてしまった。

「じゃ、僕帰りますね」

「ええ、教えてくれてありがとう。福田さんのことも誤解していたようだわ」

「ええ、美佐子先輩は不良じゃないですよ。クールで大人っぽくて、何でも出来るから、校則なんかの外で生きてるだけです。それに、あの二人も間もなく卒業なので、あえて問題にしなくていいと思います」

「君こそ大人っぽいわね。なんか校長と話してるみたいだわ」

貴美江が言い、竜児は苦笑しながら一礼し、保健室を出たのだった。

（あの巨乳ママとも、してみたいな……）

竜児は思い、やがて帰宅したのだった。

そして翌日、いつものように登校して一日の授業を受けた。

体育があり、以前は苦手だったが、今は若返った肉体を動かすのが心地よく、サッカーでも爽快に走り回ることが出来たのである。

女子は体育館でバレーボールをし、合間に覗くと美穂も体操服にブルマー、というより濃紺の短パンでムッチリとした脚を躍動させていた。

実は、間もなく期末テストが始まるので、今日からクラブ活動が休止になってしまったのだ。

それでも放課後、竜児が文芸部室に行くと、中に美佐子と美穂が来ていた。

二人は彼が来るまで、久々にお喋りしていたらしい。

「じゃ、文芸部の活動はテスト明けからにしましょうね」

「ええ、じゃ今日はお先に」

美佐子が言うと、美穂は立ち上がって美佐子に一礼し、竜児にも笑みを浮かべて会釈すると部室を出いった。

やはり美穂は母親が厳しく、しっかり家で勉強しないといけないのだろう。

すると美佐子は、まだ帰るつもりはなく、戸を内側からロックし、エアーマットを床に敷いたのである。

それを見て竜児も、急激にムクムクと勃起したのだった。

4

「昨日、ここで美穂としたのね」

美佐子が竜児に言う。咎《とが》めるような眼差しではなく、好奇心いっぱいに笑みを含んでいた。

「うわ、彼女が言ったんですか」

「全部聞いたわ。でも上級生の二人をやっつけたっていうので、それはすごく見直したわ。何かやっているの？」

「はあ、密かに空手を少々」

「それはすごいわ。全く強そうに見えないのに」

美佐子は言い、下着とソックスを脱ぎはじめた。

「美穂にしたのと、同じようにしてみて」

「ええ、でも美穂には中出しせず、口でしてもらったけど、美佐子先輩には中で出したい」

「いいわ、じゃどうすればいい？」

美佐子が言い、セーラー服をたくし上げてブラのホックを外した。

「寝て下さい」

竜児も学生服を脱いで答えると、美佐子はマットに仰向けになってくれた。

彼は美佐子の制服をめくり上げ、緩んだブラからはみ出した乳首にチュッと吸い付いていった。

「ああ……」

すぐにも美佐子が熱く喘ぎ、クネクネと悶えはじめた。妹分の体験を聞き、同じことをされると思って、興奮が倍加しているのだろう。

竜児も美穂にしたように念入りに、左右の乳首を含んでは舌で転がし、顔じゅうで膨らみを味わった。

乱れた制服に潜り込み、腋の下にも鼻を埋め込んで嗅ぎ、生ぬるく甘ったるい汗の匂いに噎せ返った。

そして肌を舐め降り、スカートを下げて臍を探ると、足裏へと移動した。

舌を這わせ、形良い指の間に鼻を押し付けると、今日も蒸れた匂いが悩ましく鼻腔を刺激してきた。

彼は爪先にしゃぶり付き、両足とも全ての指の股を舐め、汗と脂の湿り気を吸収し尽くした。

「アア……、いい気持ち……」

美佐子もうっとりと喘ぎ、されるままになっている。

やがて彼女を大股開きにさせ、竜児は脚の内側を舐め上げていった。

白くムッチリした内腿をたどり、裾をめくって股間に迫ると、熱気と湿り気を籠もらせた割れ目は早くもヌラヌラと大量の蜜に潤っていた。

恥毛に鼻を擦りつけて嗅ぐと、心地よく柔らかな感触とともに、汗とオシッコの蒸れた匂いが鼻腔を掻き回してきた。

竜児は胸を満たしながら舌を這わせ、淡い酸味のヌメリを掬い取り、息づく膣口からクリトリスまで舐め上げていった。

「あう、いい……！」

美佐子が身を反らせて呻き、内腿できつく彼の顔を挟み付けた。

味と匂いを堪能すると、彼は美佐子の両脚を浮かせ、尻の谷間に鼻を埋め込んでいった。

双丘の弾力を顔に受け止め、可憐な蕾に籠もった秘めやかな匂いを貪ってから、舌先でチロチロと襞を探り、ヌルッと潜り込ませて滑らかな粘膜を探った。

「く……」

美佐子が息を詰め、モグモグと肛門で舌先を締め付けてきた。

甘苦い粘膜を味わい、ようやく彼は脚を下ろした。

「ここで挿入したんだけど、中で出さずに離れて、あとは口でしてもらいました」

「そう、いいわ。じゃ下になって」

竜児が言うと彼女が答え、身を起こしてきた。

彼は入れ替わりに仰向けになり、腰を浮かせてズボンと下着を膝まで下ろした。

すると美佐子は顔を寄せ、幹を握って先端にチロチロと舌を這わせてくれた。

滑らかな舌が尿道口の粘液を舐め取り、張りつめた亀頭もしゃぶられ、モグモグとたぐるように喉の奥まで呑み込んでいった。

「ああ……」

竜児は快感に喘ぎ、美佐子の口の中で幹をヒクつかせた。

美佐子はたっぷり唾液を出して肉棒を浸らせ、顔を上下させスポスポとリズミカルな摩擦を開始してくれた。

熱い息が股間に籠もり、彼もズンズンと股間を突き上げ、急激に絶頂を迫らせていった。

「い、いきそう……」

言うと美佐子もすぐにスポンと口を離し、すっかり慣れた感じで前進してきた。

彼の股間に跨がると先端に割れ目を押し当て、美佐子はヌルヌルッと一気にペニスを受け入れていった。

「アアッ……、感じる……」

彼女が顔を仰け反らせて喘ぎ、味わうようにキュッキュッときつく締め上げた。

竜児も温もりと感触を味わい、両手で美佐子を抱き寄せ、彼女が身を重ねると両膝を立てて尻を支えた。

美佐子が自分から唇を重ねてくると、長い黒髪がサラリと彼の顔を覆い、内部に熱い息が籠もった。

舌を挿し入れるとチュッと吸い付かれ、美佐子も念入りに舌をからめてくれた。

竜児は下から両手でしがみつきながら、徐々に股間を突き上げはじめ、美少女の唾液をすすった。

すると美佐子も、竜児が好むのを知っているので、ことさら多めに唾液を口移しに注いでくれ、彼はうっとりと味わい、生温かく小泡の多いシロップで心地よく喉を潤した。

やがて彼女も突き上げに合わせて腰を遣いはじめると、柔らかな恥毛が擦れ合い、コリコリする恥骨の膨らみが痛いほど押し付けられてきた。

心地よい肉襞の摩擦と締め付けが彼を高まらせ、ピチャクチャと湿った摩擦音が聞こえてきた。

「アア……、いきそう……」

美佐子が口を離して喘ぎ、吸い込むような収縮を強めてきた。

今日も彼女の吐息は熱く湿り気を含み、甘酸っぱいイチゴ臭が彼の鼻腔を悩ましく刺激してきた。

「ね、下の歯を、僕の鼻の下に当てて」

「こう……?」

囁くと、美佐子も答えて大きく口を開き、下の歯並びを彼の鼻の下に引っかけてくれた。

何でも言えば、ためらいなくすぐしてくれるのが美佐子の良いところである。

竜児の鼻は美佐子の開いた口に完全に覆われ、彼は心ゆくまで美少女の口の中を嗅ぐことが出来た。甘酸っぱい芳香に、下の歯の内側の淡いプラーク臭も悩ましい刺激を含んで鼻腔が掻き回された。

彼の目の前に、美佐子の鼻の穴が丸見えになっている。清楚で上品な美少女の鼻の穴を間近に見るのも興奮する眺めだが、言えば嫌がるので黙って見つめ、熱くかぐわしい吐息に高まった。

「い、いく……!」

たちまち竜児は吐息の匂いと、肉襞の摩擦と収縮の中で声を洩らし、激しく昇り詰めてしまった。ありったけの熱いザーメンが、ドクンドクンと勢いよく中にほとばしると、

「き、気持ちいい……、アアーッ……!」

奥に噴出を感じた途端に美佐子も声を上ずらせ、ガクガクと狂おしいオルガスムス

の痙攣を開始したのだった。

竜児は小刻みに股間を突き上げ、摩擦快感を味わいながら心置きなく最後の一滴まで出し尽くしていった。

やはり、可憐な美穂への口内発射も良いが、射精の瞬間は自分にとって初めての女性と一つになり、ともに快楽を分かち合うのが最高だった。

満足しながら動きを弱め、力を抜いていくと、

「ああ……、するたびに良くなるわ……」

美佐子も全身の硬直を解いて囁き、グッタリともたれかかってきた。

彼自身は、収縮する膣内でヒクヒクと過敏に幹を震わせた。

そして竜児は甘酸っぱい果実臭の吐息を胸いっぱいに嗅ぎながら、うっとりと快感の余韻に浸り込んでいったのだった。

5

「すみません、少しだけ休ませて下さい」

翌日の放課後、竜児は保健室に入り貴美江に言った。

「まあ、どうしたの」

「だるいので、少し寝てれば大丈夫ですので」

貴美江が心配そうな顔を向け、彼はカーテンの奥にあるベッドルームに行った。

窓にはカーテンが引かれ、二台あるベッドはどちらも空いている。

彼は学生服と上履きを脱ぎ、ベッドに横になった。

もちろん仮病で、昨夜ずっと考えていたことを実行しているのである。

今はテスト前でクラブ活動が休止のため、放課後は誰かが怪我をして運び込まれてくることもないだろう。

それに奥のベッドルームはカーテンに仕切られているので、誰かが保健室の戸を開けても取り繕う余裕はあるし、布団を被ってしまえば良いのである。

「風邪かしら。家の人は？」

「夜まで両親は帰りませんので」

貴美江がそっと彼の額に手のひらを当てて言い、彼も力弱く答えた。柔らかな手のひらが心地よく、彼女の方からふんわりと甘ったるい匂いが漂った。

「熱はないようだけど」

「急に目眩がしたので」

「そう、いいわ。ゆっくり寝てなさい。あ、ゆうべ美穂から聞いたわ。助けてくれてありがとう。あらためてお礼を言うわ」

「いいえ」

「何かあったら呼んで」

貴美江は言い、診察室の方へと戻ってしまった。しばらくは事務仕事でもあるのだろう。

でも養護教諭は、他の教師との打ち合わせなどはないし、五時になれば帰れるのだ。まだ三時過ぎだから、時間は充分にある。

竜児は布団の中でズボンと靴下も脱ぎ、傍らの台に置いた。

もちろんペニスは期待に、ピンピンに突き立っている。

(さて、どうしたものかな。ここで出来るだろうか……)

彼は思った。

貴美江だって日頃から思春期の男子に接しているのだから、その性欲が絶大なことは熟知しているだろう。

彼女の夫は他校の英語教師だと聞いている。でも美穂も高二なのだし、夫も忙しいだろうから、そろそろ夫婦生活も間遠いものになって、欲求は溜まっているのではないか。いかに美穂に厳しい母親でも、僅かな切っ掛けがあれば欲情の火が点いてくれるかも知れない。

そう、竜児は母娘の両方を味わいたいという願望が強くあったのだ。

貴美江は三十九歳ということで、四十を目前にした熟れ盛りである。

竜児からすれば、貴美江は母親ぐらいの年齢だが、彼の実際の歳からすれば二回り以上年下だ。

もう生徒は全て下校したらしく、ブラバンや球技の音も聞こえず、校内は実に静かだった。

と、隣で椅子を引く音がし、貴美江の足音が近づいてきた。

「眠ってる？」

カーテンを開け、囁くように貴美江が声を掛けてきた。

「え、ええ、少しだけ……」

竜児が寝ぼけた声で答えると、また彼女が近づいて額に手のひらを当ててきたが、熱はないのですぐに手を離した。

「気分はどう？」

「何だか、力が抜けて……」

言われて、竜児は仰向けのままモゾモゾと体を動かした。すると、どうやら彼女は薄掛けがテントを張っているのに気づいたらしい。ためらいなく貴美江が薄掛けを剝いだ。するとブリーフの中心がピンピンに突き立っていた。

「まあ……、何を考えているの……」

きつい眼差しで言われ、竜児はゾクゾクと興奮を高めた。

「どうにも、身体中がモヤモヤして……」

「溜まってるなら自分で処理しなさい。年中しているんでしょう？」

彼女は突き放すように言ったが、熱い視線は彼の股間に釘付けになっている。

「こ、ここのところテスト勉強で何もしていなくて……」

「何でも、しすぎても、しなさすぎてもいけないのよ」

「どうか、先生が手伝って……」

竜児は言い、思い切ってブリーフを下げてしまった。すると勃起したペニスが露わになり、バネ仕掛けのようにぶるんと上を向いて震えた。

「ダメ、甘ったれないで、早くしまいなさい」

貴美江は言ったが、なおも彼の強ばりから目が離せないようだ。

「第一、君は美穂が好きなんじゃないの？　守ったぐらいだから」

「いえ、僕はまだ何も知らないから、うんと年上の女性に憧れてるんです。今は、貴美江先生のことが一番」

また彼は無垢を装って言った。

そっと貴美江の表情を窺うと、怒りや嫌悪感などはなく、躊躇い、戸惑い、羞じらいが彼女を包み込んでいるようだ。

やはり勃起を目の当たりにすると、熟れた肉体が反応してしまうのだろう。

自分を嫌いだったらペニスは勃起しないのだから、好きだと告白しているようなものである。

あるいは貴美江も百合子のように、生徒と何かするような妄想もたまに湧かせているのではないだろうか。

そして百合子がその気になったように、竜児はいかにも大人しく真面目で、秘密を共有するのに適した印象を持っているらしいのだ。

完全に拒んではねつける様子がないので、さらに竜児は積極的に、彼女の胸に縋り付いて引き寄せてしまった。

「あう、ダメ……」

貴美江は言いながらも、廊下の外に聞こえないように声を抑えていた。

「どうか、添い寝して……」

竜児は甘えるように彼女の白衣の胸に顔を埋め、片方の腕をくぐって、強引に腕枕してもらった。

抱き寄せられるまま、貴美江も身を横たえ、彼は白衣越しに豊かな膨らみを感じながら、繊維に沁み付いた甘ったるい体臭で胸を満たした。

目を上げると、すぐ上に貴美子の白い顔があり、僅かに開いた口からは熱い吐息が漏れ、白粉《おしろい》のように甘い匂いが鼻腔をくすぐった。

「ああ、いい匂い……」

竜児は言ってしがみつき、そっと彼女の手を握ると、強ばりへと導いた。

触れさせると、貴美江はビクッと手を引っ込めようとしたが、なおも先端を押し付けると、ようやくやんわりと手のひらに包み込んでくれた。

いったん握ってしまうと、もう今さら教師として拒み通す振りには戻れず、彼女は感触を確かめるように指を蠢かせ、ニギニギと愛撫しはじめてくれた。

「ああ、気持ちいい……」

「いい？　出したら帰るのよ」

彼が喘ぐと、貴美江は覚悟を決めたように本格的に手を動かしはじめた。指でする分には、方法も知らず困っている生徒を助けるという、自分への言い訳が出来るのかも知れない。

もちろん竜児は、指で終えるようなつもりはなかった。

「ね、オッパイ吸いたい……」

「そんなこと、ダメに決まってるでしょう……？」

言うと貴美江がビクリと身じろいで拒んだが、彼は白衣のボタンを外して開き、さらに奥のブラウスのボタンも外しはじめてしまった。

「待って、ダメよ、本当に怒るわよ……」

「うん、怒ってもいいから、ほんの少しだけ……」

竜児は美熟女の吐息と体臭を嗅ぎながら答え、とうとうブラウスも左右に開いてしまった。すると、内部に籠もっていた熱気が解放され、さらに甘ったるい匂いが揺らめいた。

「これは、どうやって外すの？」

きっちりと巨乳を覆っているブラに触れて言うと、

「いい？　本当に少しだけよ……」

貴美江が答え、フロントホックを外してくれたのだ。すると締め付けから解かれた膨らみが、弾けるように露わになった。

それはメロンほどもある巨乳で、手のひらに余りそうだった。

乳首も乳輪も、思っていたより初々しい色合いで、彼は堪らず乳首にチュッと吸い付き、舌で転がしながら顔に密着する柔らかな巨乳を味わった。

「アア……」

貴美江が熱く喘ぎ、ヒクヒクと反応した。

最初のうちは校内だからと自戒し、廊下の気配にも耳を澄ませていたようだが、次第に我を忘れて身悶えはじめたのだった。

どうやら、もう大丈夫のようだ。

竜児は左右の乳首を交互に含んで舐め回し、甘ったるい匂いに酔いしれながら乱れた白衣とブラウスに潜り込み、腋の下にも鼻を埋め込んだ。

すると、そこは百合子のように淡い腋毛がモヤモヤと煙っていたのである。

(ああ、やはり昭和だなあ……)

彼は感激と興奮に包まれながら、美熟女の甘ったるい汗の匂いでうっとりと胸を満たした。

「いい匂い……」

「あう……！」

嗅ぎながら言うと、貴美江はビクッと身を震わせて呻いた。

やがて彼は身を起こし、グッタリと力の抜けた貴美江の足の方に顔を移動させた。

ストッキングでなくソックスなので両足とも脱がせ、屈み込んで足裏に舌を這わせながら、形良く揃った足指の間に鼻を埋めて嗅いだ。

やはりそこは生ぬるい汗と脂にジットリ湿り、ムレムレの匂いが濃く沁み付いていた。竜児は充分に蒸れた匂いを貪ってから、爪先にしゃぶり付いて指の股にヌルッと舌を割り込ませていったのだった。

第四章　保健室でも教わって

1

「あう、ダメよ、汚いから……！」

足指をしゃぶられた貴美江が、驚いたようにビクッと脚を震わせて呻いた。

実に、百合子と良く似た大人らしい反応である。

竜児は構わず足首を摑んで押さえ、両足とも全ての指の股を舐め、味と匂いを貪り尽くしてしまった。

「ああ……」

口を離すと、貴美江がグッタリと身を投げ出して喘いだ。

竜児はスカートをめくり上げ、股間を覆うショーツに指を掛けて引き脱がせていった。腰を浮かさせ、豊満な尻の丸みを通過させると、あとは楽に下ろして、両足首からスッポリと抜き取ることが出来た。

体温を残したショーツの裏側を嗅ぎたいが、もちろん生身に専念した。

股を開かせ、白くムッチリと量感ある内腿を舐め上げて股間に迫ると、籠もった熱気と湿り気が顔を包み込んだ。

ふっくらとした丘には黒々と艶のある恥毛が茂り、肉づきが良く丸みを帯びた割れ目からは縦長のハート型をした陰唇がはみ出していた。

指を当てて左右に広げると、かつて美穂が生まれ出てきた膣口が濡れて息づいていた。クリトリスは小指の先ほどの大きさで、真珠色の光沢を放ってツンと突き立っている。

「アア、見ないで……」

貴美江が朦朧としながらも、彼の熱い視線と息を感じて喘いだ。

竜児も艶めかしい眺めを瞼《まぶた》に焼き付けてから、吸い寄せられるように美熟女の股間に顔を埋め込んでいった。

柔らかな茂みに鼻を擦りつけると、やはり蒸れた汗とオシッコの匂いが濃厚に籠もり、悩ましく鼻腔を掻き回してきた。

胸を満たしながら舌を挿し入れ、膣口の襞をクチュクチュ探ると、次第に潤いが増して舌の蠢きが滑らかになっていった。

そして味わいながら柔肉をたどり、ゆっくりクリトリスまで舐め上げていくと、

「アアッ……、ダメ……」

貴美江がビクッと顔を仰け反らせて喘ぎ、ボリューム満点の内腿でムッチリと彼の両頬を挟み付けてきた。

竜児がチロチロとクリトリスを探ると、内腿に力が入り、スカートで見えないが彼女は手で口を押さえているらしく、くぐもった喘ぎ声が聞こえてきた。やはり校内だということは、頭の隅にあるようだった。

やはりクリトリスが最も感じるらしく、それは少女でも熟女でも同じらしい。

刺激を続けるうち、いつしか生ぬるい愛液が大洪水になっていた。

美穂が濡れやすいのは、どうやら母親譲りだったようである。

熟れた柔肉の味と匂いをすっかり堪能すると、竜児は彼女の両脚を浮かせ、見事に豊満な尻に迫った。

谷間を指で開くと、薄桃色で、ややグレイがかった蕾がひっそり閉じられていた。

鼻を埋め込むと、顔に豊かな双丘が密着して弾力を伝え、秘めやかに蒸れた匂いが鼻腔を悩ましく刺激してきた。

あの不良の二人も美熟女である貴美江のヌードが見たかったようだが、入浴前の尻の穴を舐めるような優秀さは持っていないだろう。

竜児は充分に嗅いでから舌を這わせ、細かに震える襞を濡らすと、ヌルッと潜り込ませて滑らかな粘膜を味わった。

「く……、何するの……」

貴美江が呻き、キュッときつく肛門で舌先を締め付けた。

中で舌を蠢かせ、甘苦い粘膜を探っていると、

「ダメ、バイ菌が入るから……」

貴美江が嫌々をして言い、とうとう脚を下ろしてしまった。

彼も仕方なく舌を離し、再び割れ目に戻ると、大量に溢れた愛液を掬い取り、クリトリスに吸い付いた。

「アア……、も、もういいから、入れて……」

貴美江が声を震わせて言った。興奮の高まりもあるだろうが、それ以上に校内だから早く終えたいのだろう。そして挿入して射精しない限り、終わらないと察したよう

だった。

竜児はようやく股間から這い出して添い寝し、

「ね、入れる前に先っぽを唾で濡らして」

甘えるように言うと、貴美江も力の抜けた全身を懸命に起こし、顔を彼の股間に移動させていった。

彼は仰向けになって股間を突き出すと、貴美江はやんわりと幹を包み込んで支え、顔を寄せてきた。そして粘液の滲む尿道口をチロチロと探ると、張りつめた亀頭をくわえ、スッポリと喉の奥まで呑み込んでいった。

「アア……」

竜児は快適な口腔に包まれて喘ぎ、彼女の口の中でヒクヒクと幹を震わせた。

貴美江は上気した頰をすぼめて吸い付き、熱い息を股間に籠もらせながらクチュクチュと舌をからめた。

そして彼が暴発する前に、たっぷり唾液にまみれさせただけでスポンと口を引き離した。やはり童貞と思っているので、あっという間に射精すると思い、彼女も一つになりたいのだろう。

「先生、跨いで入れて……」

言うと、貴美江も身を起こして彼の股間に跨がってきた。

ほんの少しためらってから廊下に耳を澄ませ、先端に割れ目を押し当て、自ら指で陰唇を広げながら位置を定めた。

やがて腰を沈み込ませると、彼自身はヌルヌルッと滑らかに根元まで呑み込まれていった。

「アアッ……！」

股間を密着させた貴美江が顔を仰け反らせて喘ぎ、乱れた白衣とブラウスの間から見える巨乳を揺すった。

竜児も締め付けと温もりを味わい、両手を伸ばして彼女を抱き寄せた。

貴美江が完全に身を重ねると、彼は下からしがみつきながら、両膝を立てて豊満な尻を支えた。

顔を引き寄せて唇を重ねると、淡い化粧の匂いとともに息が彼の鼻腔を熱く湿らせた。舌を挿し入れ、滑らかな歯並びを舐めると、ようやく貴美江の歯も開かれ、奥に侵入することが出来た。

ネットリとからめると、徐々に彼女の舌もチロチロと蠢き、唾液に濡れた滑らかな感触を伝えてきた。

ズンズンと股間を突き上げはじめると、

「アア……、い、いい……」

貴美江が口を離して喘ぎ、淫らに唾液が糸を引いた。

口から吐き出される熱い息を嗅ぐと、湿り気ある濃厚な白粉臭が鼻腔を掻き回し、うっとりと胸に沁み込んでいった。

嗅ぎながら股間を突き上げ続けていると、徐々に貴美江も腰を動かしはじめ、次第に互いのリズムが一致してきた。果ては互いに股間をぶつけ合うように動かし、溢れた愛液がクチュクチュと淫らな摩擦音を立てた。

「い、いきそうよ、何ていい気持ち……」

貴美江が甘く囁き、膣内の収縮と潤いが増していった。

たちまち竜児も昇り詰めてしまい、

「いく……！」

快感に口走りながら、熱い大量のザーメンをドクンドクンと勢いよくほとばしらせてしまった。

「あう、いい、気持ちいいわ、アアーッ……！」

奥深い部分を直撃された途端、貴美江も激しいオルガスムスに達してガクガクと狂おしい痙攣を開始した。思わず大きく喘いでしまったので、慌てて口を手で押さえ、あとは息を詰めてヒクヒクと快感を嚙み締めていた。

竜児も心ゆくまで快感を味わい、最後の一滴まで出し尽くしていった。

満足しながら徐々に突き上げを弱めていくと、

「ああ……」

貴美江も声を洩らし、熟れ肌の硬直を解きながら力尽きたようにグッタリと体重を預けてきた。

まだ膣内は名残惜しげで貪欲な収縮が続き、刺激された幹が内部で過敏に跳ね上がった。

「あう、もう暴れないで……」

彼女も敏感になっているように呻き、キュッと締め上げて幹の震えを抑え付けた。

竜児は美熟女の重みと温もりを受け止め、熱くかぐわしい白粉臭の吐息を間近に嗅ぎ、胸を満たしながらうっとりと快感の余韻を嚙み締めた。

ようやく互いの動きが止まると、

「アア、とうとう生徒と……」

激情が過ぎ、冷静さを取り戻したように貴美江が言った。そして呼吸も整わないうちに身を起こし、ポケットからティッシュを出して急いで割れ目を拭い、ペニスも拭いてくれた。

すんだ以上、早く身繕いをしたいのだろう。

ベッドを降りると、貴美江は手早く下着を穿き、乱れたブラとブラウス、白衣を直した。そして鏡を出して髪と化粧の具合を調えると、呼吸を整えた竜児も起き上がって身繕いをした。

「ね、校内じゃスリルがありすぎるから、今度は先生の家でしたい。美穂ちゃんがいないときに」

「ダメよ、これきりだから忘れなさい。何もなかったのよ」

貴美江は彼の方を見ずに答え、隣の部屋へ戻ってしまった。

竜児もベッドを整えると、やがて彼女に挨拶して保健室を出たのだった。

2

「これから、先生の部屋へ行ってもいい？」

翌日の午後、帰りのホームルームを終えると、竜児は教室を出てゆく百合子を追って囁いた。やはりスマホもない時代は、直に言うしかない。

昨日は、とうとう貴美江を攻略し、母娘の両方を味わってしまった。

しかしセックスというのは、知れば気がすむというものではなく、知れば知るほど続けてしたいと思うものらしい。

だから今日も、百合子を求めて股間を熱くさせていたのだ。

どうせテスト前でクラブ活動は休止だから、美佐子も美穂も帰宅したことだろう。

「いいわ」

百合子は僅かに頬を強ばらせ、チラと竜児を見て短く答え、足早に廊下を歩いて行ってしまった。やはり周囲の目を気にしているものの、あれから相当に欲求を溜め込み、次はいつかと期待していたのだろう。

彼も下駄箱へ降りて靴を履き替え、百合子が校門から出ていくのを認めると、距離を置いてついていった。

やがて百合子が自分のハイツに入ると、竜児は少し遅れてノックし、施錠されていないドアから素早く入り込んだ。そしてドアを内側からロックして上がり込むと、百合子も上着を脱いでいるところだった。

彼も学生服を脱ぐと、そのままワイシャツとズボンも脱ぎ去って全裸になってしまった。

「先にシャワー借りますね。先生はそのままでいて下さい」

竜児は言って勝手にバスルームに入り、点火してシャワーを出した。

やはり女性は濃いナマの匂いがしている方が興奮するが、自分は綺麗にしておきたいのだ。

そして彼女の歯ブラシを借り、歯磨きしながら腋や股間を洗い流し、口を漱《すす》いで手早く身体を拭くと部屋に戻った。もちろん彼自身は、期待と興奮でピンピンに突き立っている。

すると百合子も全て脱ぎ去り、メガネだけ掛け、ベッドに横になって待っていてくれた。

「あれから、頭の中は君のことばかりよ……」

待ちかねていたのか、百合子が均整の取れた肢体を投げ出し、詰《なじ》るように言う。

「すみません。テスト勉強があるので、なかなか来られなくて。でも、どうか僕のこと負担に思わないで下さいね」

「来てくれて嬉しいので、負担には思っていないわ。それより今日の勉強は」

「もう自信があるので大丈夫です」

「そう、優秀だから心配していないわ。じゃ好きにして」

百合子が言うので、竜児もベッドに乗り、まずは彼女の足裏から舐めはじめた。

「あう、そんなところから……」

彼女は驚いたように言ったが、もちろん拒みはしない。

竜児が踵から土踏まずをペロペロ舐めると、百合子はくすぐったそうにクネクネと腰をよじった。

縮こまった指に鼻を割り込ませると、今日もそこは汗と脂に湿り、蒸れた匂いが濃厚に沁み付いて鼻腔を刺激してきた。

充分にムレムレの匂いを貪ると、彼は爪先にしゃぶり付いて順々に指の股にヌルリと舌を割り込ませて味わった。

「アアッ……、ダメよ……」

百合子が喘ぎ、激しく腰をくねらせた。

竜児にしてみれば、入浴前の足指と肛門は必ず味わわないといけない場所だが、百合子の常識にはないのかも知れない。

やがて彼は百合子の両足とも、味と匂いが薄れるほど貪り尽くし、脚の内側を舐め上げていった。

清楚な顔立ちに似合わず、腟には今日もまばらな体毛があり、そこも舌で探ってから、ムチムチと張りのある内腿をたどって股間に迫った。

黒々とした恥毛の下の割れ目が開き、大きなクリトリスが光沢を放っていた。

竜児は茂みに鼻を擦りつけ、隅々に濃く籠もって蒸れた汗と残尿臭を嗅いで酔いしれ、舌を這わせていった。

すでに割れ目内部は大量の愛液に熱く潤い、彼は舌先で膣口をクチュクチュ掻き回してヌメリを味わい、ゆっくり舐め上げて大きなクリトリスにチュッと吸い付いていった。

「あう……、いい気持ち……！」

百合子が呻き、きつく内腿で彼の顔を挟み付けてきた。

舌先で弾くようにクリトリスを刺激すると、

「か、嚙んで……」

百合子が声を上ずらせてせがんできた。どうやら日頃からオナニーにでも耽り、ソフトタッチより強い刺激が欲しいのかも知れない。

竜児も前歯で大きなクリトリスを軽く挟み、コリコリと咀嚼《そしやく》するように刺激してやった。

「あうう……、もっと、すごくいいわ……」

彼女が激しく身悶えて言い、トロトロと白っぽく濁った本気汁を漏らしてきた。

彼も充分に愛撫し、溢れる蜜をすすり、さらに百合子の両脚を浮かせて尻に迫っていった。

谷間では、レモンの先のように突き出たピンクの蕾が艶めかしく収縮し、鼻を埋めると悩ましく蒸れた匂いが鼻腔を刺激してきた。

彼は顔を双丘に密着させ、美人教師の恥ずかしい匂いを貪り、舌を這わせてヌルッと潜り込ませた。

「アアッ……、ダメ……」

百合子が喘ぎ、モグモグと肛門で舌先を締め付けた。

竜児は舌を蠢かせ、滑らかな粘膜を探ってから、ようやく顔を上げ、再びクリトリスに吸い付いていった。

「ああ、お願い、入れて……」

すっかり高まった百合子が求めてきた。

「じゃ、最初はうつ伏せになって、お尻を向けて」

竜児が言って寝返りを打たせると、百合子も素直に四つん這いになり、シーツに顔を埋めて尻を突き出してきた。

彼は膝を突いて股間を進め、バックから先端を濡れた膣口にあてがい、一気にヌルヌルッと根元まで挿入していった。

未来の女房とは正常位一辺倒だったので、彼にとっては初めての後背位だ。体の向きが違うと感触も異なり、膣内の天井にあるヒダヒダがペニスの裏側を擦った。

「アアッ……、すごいわ……」

百合子も新鮮な挿入感覚と、尻を突き出している羞恥に、白く滑らかな背を反らせて喘いだ。

深々と押し込むと、彼の下腹部に尻の丸みが密着して弾み、なるほど、これがバックの醍醐味かと思った。しかし顔が見えず唾液も吐息も貰えないので、ここで果てる気はなく、今日は様々な体位を試したかった。

だいぶ女体に慣れ、絶頂をセーブすることも出来るようになっていたのだ。

竜児は彼女の腰を抱えて何度か前後運動をし、背に覆いかぶさると、両脇から回した手で乳房を揉みしだいた。

髪に顔を埋めて匂いを嗅ぎ、耳の裏側の蒸れた匂いも味わった。

背中を舐めると、

「あう、感じる……」

百合子が顔を伏せて呻いた。背中も、くすぐったい感覚が強く感じられるようで、膣内の締め付けが活発になった。

竜児は何度か股間をぶつけるように動くと、互いの肌が触れ合いヒタヒタと音を立てた。

そして危うくなると彼は身を起こし、そろそろと引き抜いていった。

「ああ……、止めないで……」

快楽を中断され、引き抜かれると彼女は支えを失ったようにグッタリとうつ伏せになった。

「今度は横向きに」

竜児は言って百合子を横向きにさせ、上の脚を真上に差し上げた。

下の内腿に跨がり、再び根元まで挿入し、上の脚に両手でしがみついた。

今度は松葉くずしの体位である。

「ああ……、いいわ……」

再び膣内を満たされ、百合子はまた新鮮な快感に喘いだ。

彼が腰を動かしはじめると、膣内の摩擦のみならず、互いの内腿も滑らかに擦れ合って実に気持ち良かった。しかも互いの股間が交差しているので、吸い付くような密着感が得られた。

竜児は何度か腰を動かして感触を味わうと、またペニスを引き抜いた。

そして百合子を仰向けにさせ、今度は正常位で深々と挿入していった。

「ああ……、もう抜かないで……」

百合子が言い、両手を伸ばして彼を抱き寄せた。

竜児も脚を伸ばして身を重ね、屈み込んで左右の乳首を味わいながら、徐々に腰を突き動かしはじめていった。

3

「アア、いきそうよ、もっと突いて、強く何度も奥まで……！」

百合子は我を忘れて喘ぎ、下からもズンズンと股間を突き上げてきた。

竜児は両の乳首を充分に吸って舐め回し、もちろん彼女の腕を差し上げて腋の下にも鼻を埋め込んだ。

色っぽい腋毛に鼻を擦りつけ、隅々に籠もった生ぬるく甘ったるい汗の匂いに噎せ返った。

胸を満たしてから百合子の首筋を舐め上げ、上からピッタリと唇を重ね、舌を挿し入れて歯並びを舐め回すと、

「ンンッ……」

彼女も竜児の舌にチュッと吸い付いて呻き、股間の突き上げを強めてきた。

ネットリと舌をからめ、息で鼻腔を湿らせながら美人教師の唾液を味わうと、レンズが二人の熱気に曇った。

ようやく彼も突き上げに合わせて腰を動かしはじめると、溢れる愛液で動きが滑らかになり、クチュクチュと湿った摩擦音が聞こえてきた。

「アア……、いいわ、もっと強く……！」

百合子が口を離すと収縮を強めながら喘ぎ、三つの体位を経てすっかり絶頂を迫らせているようだった。

美人教師の口からは、熱く湿り気ある花粉臭の吐息が洩れ、鼻を押し付けて嗅ぐと淡いオニオン臭も混じって悩ましく鼻腔が掻き回された。

しかし、まだ竜児は匂いにも摩擦にも負けずに保つことが出来た。何しろ、まだおしゃぶりもしてもらっていないのである。

そして律動するうち、たちまち百合子がオルガスムスに達してしまい、

「い、いく……、アアーッ……！」

身を弓なりにさせて喘ぎ、まるで彼を乗せたままブリッジでもするようにガクガクと狂おしく腰を跳ね上げはじめた。

この華奢で清楚な百合子に、こんな貪欲なほどの力が秘められていたのだ。

竜児は収縮に巻き込まれることもなく、やがて彼女がグッタリと身を投げ出すまで暴発を堪えることが出来たのだった。

「アア……、良かったわ、すごく……」

百合子が熱い息遣いで、まだヒクヒクと膣内を収縮させながら言った。

「まだいっていないの……？」

百合子が呼吸を整えながら言う。まだ膣内の彼自身が強ばったままなのだ。

「ええ、最後は女上位でいきたいので」

竜児は言い、そろそろと身を起こして引き抜いた。大量の愛液が糸を引き、淫らに割れ目とペニスを結んだ。

そして仰向けになると、百合子も荒い呼吸を整え、ノロノロと身を起こし、大股開きになった彼の股間に顔を寄せてきた。

竜児は両脚を浮かせ、手で尻の谷間を開いて突き出した。

すると百合子も心得て屈み込み、チロチロと肛門を舐め回し、ヌルッと潜り込ませてくれた。

「あう、気持ちいい……」

竜児は快感に呻き、モグモグと味わうように肛門で舌先を締め付けた。

やがて脚を下ろすと、百合子も陰嚢を舐め回し、息を籠もらせながら充分に袋を唾液にまみれさせた。

せがむように幹を上下させると、百合子も前進して肉棒の裏側を舐め上げ、自分の愛液にまみれ湯気さえ立てている尿道口を舐め回し、丸く開いた口でスッポリと呑み込んでいった。

喉の奥まで含むと、百合子は口で幹を締め付けて吸い、口の中ではクチュクチュと満遍なく舌を這わせてきた。さらに顔を上下させ、濡れた唇で貪るようにスポスポと摩擦されると、

「い、いきそう、跨いで入れて下さい……」

さすがに高まった彼が言うと、百合子もスポンと口を引き離し、もうためらいなく前進して股間に跨がってきた。

先端に割れ目をあてがい、ゆっくり味わいながら腰を沈めると、たちまち彼自身はヌルヌルッと滑らかに根元まで嵌まり込んでいった。

「アア……、またすぐいきそうだわ……」

股間を密着させ、完全に座り込んだ百合子が顔を仰け反らせて喘ぎ、身を重ねてきた。竜児も両膝を立てて尻を支え、下から両手でしがみつきながらズンズンと股間を突き上げた。

やはり女体の重みを受け止め、喘ぐ顔を下から仰ぐ女上位がいちばん好きになってしまった。

動いていると肉襞の摩擦と締め付けに包まれ、急激に絶頂が迫ってきた。

そして百合子の顔を引き寄せ、喘ぐ口に鼻を押し込んで、濃厚な吐息を胸いっぱいに嗅ぎながら、たちまち昇り詰めてしまった。

「い、いく、気持ちいい……！」

竜児が快感に喘ぎ、ありったけの熱いザーメンをドクンドクンと勢いよくほとばしらせると、

「またいく……、アアーッ……！」

噴出を感じると百合子も収縮を強めて口走り、激しく彼自身を締め上げてきた。

竜児は心ゆくまで快感を嚙み締め、最後の一滴まで出し尽くしていった。

すっかり満足しながら徐々に突き上げを弱めていくと、

「ああ……、続けて二度もいくなんて初めて……」

彼女が吐息混じりに囁き、彼自身は収縮の中でヒクヒクと過敏に幹を跳ね上げた。

竜児は完全に動きを止めて温もりと重みを受け止め、かぐわしい吐息の刺激で鼻腔を満たしながら、うっとりと余韻を味わったのだった。

4

「今日これから家へ来て」

翌日の昼、竜児が昼食の日替わり弁当を食べ終えて学食を出ると、いきなり廊下で白衣姿の貴美江に話しかけられた。

どうやら探していたらしく、彼は差し出された住所と地図のメモを受け取ってポケットに入れた。幸い、周囲には誰もいない。

いよいよテストが近づいてきているので、もう半日授業になり午後は空いている。

「分かりました。すぐ伺います」

答えると、貴美江は返事もせず保健室の方へ歩き去っていった。

あとで聞くと、どうやら美穂は今夜、美佐子の家に泊まって一緒に勉強し、明日は美佐子の家から登校するらしい。

二人は中学も同じ学区だったから、互いの家は近く、貴美江ももう美穂が美佐子と付き合うことを容認しているのだろう。

貴美江の夫も、今夜は飲み会で遅くなるということである。

竜児は靴を履き替え、すぐにも校門を出てバスを待った。

貴美江は車で通勤しているらしく、すでに帰途についたようだ。

もちろん車でも美穂を甘やかさず、一緒に乗せて登校するようなことはしていないらしい。

やがてバスが来ると、竜児の家よりも三つ先の停留所で降りた。

地図は分かりやすく、住宅街に入るとすぐに吉行家が見つかった。

ごく普通の二階屋で、ガレージには帰宅したばかりらしい貴美江の軽自動車が停まっている。

門から入り玄関チャイムを鳴らすと、すぐ貴美江が開けて招き入れてくれた。

もちろんドアは内側からロックし、上がり込むとリビングを通過し、真っ直ぐ彼女は竜児を寝室に招いたのである。

美穂の部屋や夫の書斎は二階のようだ。

広い洋間の寝室には、シングルベッドとセミダブルが並んでいる。

「やっぱり家の方がいいわ。こないだは生きた心地がしなかったもの」

貴美江が言い、すぐにも服を脱ぎはじめた。茶を入れるでもなく、慌ただしく始めたいほど欲望に火が点いているらしい。夫と寝る寝室でも、それほどの罪悪感は湧かないようだ。

竜児も向かっているときから期待と興奮に勃起し、歩きにくいほどになっていたから、手早く服を脱いで全裸になった。やはり彼も、誰も来ることのない密室の方が落ち着いて出来る。

もちろん貴美江が使っているであろうシングルベッドの方に横になると、枕には美熟女の悩ましい匂いが濃く沁み付いていた。

貴美江も最後の一枚を脱ぎ去り、ベッドに上って添い寝してきた。

乱れた白衣も興奮をそそったが、全裸となるとまた格別で、いかにも、とことん欲望をぶつけ合おうという淫気が伝わり合ってくる。

竜児は甘えるように腕枕してもらい、淡い腋毛の籠もる腋の下に鼻を埋め、甘ったるい汗の匂いで胸を満たした。

「いい匂い……」

「あ、シャワー浴びてないけどいいわね。もう待てないの」

竜児がうっとりと言うと、貴美江も欲望を前面に出して答え、優しく彼の髪を撫でてくれた。

「すごく大きい」

竜児は腋を嗅ぎながら、目の前で息づく巨乳に手を這わせて言った。

乱れた白衣からはみ出した乳房でなく、今は丸見えになっている。

やがて彼がチュッと乳首に吸い付いて舌で転がすと、

「アア……」

貴美江は喘ぎながら仰向けの受け身体勢になり、彼ものしかかりながら左右の乳首を含んで舐め回した。

そして白く滑らかな熟れ肌を舐め降り、形良い臍を探って下腹の弾力を顔じゅうで味わうと、豊満な腰のラインをたどって脚を舐め降りていった。

脛毛は百合子ほどはなく、足首まで下りると足裏を舐め、形良く揃った指の間に鼻を押し付けて嗅いだ。

恐らく昨夜入浴したきりだろうから、指の股は汗と脂に湿り、蒸れた匂いが濃く沁み付いていた。

充分に嗅いでから爪先にしゃぶり付き、指の股に舌を割り込ませると、

「あう……、汚いのに……」

貴美江がビクリと反応して呻いたが、もちろん拒みはしなかった。

竜児は両足とも味と匂いを貪り尽くすと、股を開かせて脚の内側を舐め上げていった。ムッチリとした内腿は、他の誰よりも量感があり、思い切り歯を食い込ませたい衝動に駆られた。

股間に迫ると、まず先に彼は貴美江の両脚を浮かせ、ボリューム満点の豊かな尻に迫った。

指で谷間を開き、可憐な薄桃色の蕾に鼻を埋め込み、秘めやかに蒸れた匂いを嗅いでから舌を這わせた。そして顔を弾力ある双丘に密着させながら、ヌルッと潜り込ませると、

「く……！」

貴美江が呻き、キュッと肛門で舌先を締め付けた。

彼は滑らかな粘膜を探り、舌を出し入れさせるように蠢かせた。

「アア……、気持ちいいわ……」

貴美江がモグモグと肛門で舌先を味わいながら、保健室とは違い遠慮なく正直に声を洩らした。

ようやく彼は脚を下ろすと、熱気の籠もる股間に迫った。

割れ目は保健室でしたときよりも大量の愛液でヌラヌラと熱く潤っていた。

指で陰唇を広げると、美穂が生まれ出た膣口からは白っぽく濁った本気汁が溢れていた。顔を埋め込み、柔らかな恥毛に鼻を擦りつけて嗅ぐと、生ぬるく蒸れた汗とオシッコの匂いが悩ましく鼻腔を掻き回した。

「いい匂い」

思わず言うと、

「あう……」

貴美江が呻き、内腿できつく彼の顔を挟み付けてきた。

竜児は熟れた性臭に噎せ返りながら胸を満たし、舌を挿し入れて淡い酸味のヌメリを味わった。膣口の襞を探り、味わいながらクリトリスまで舐め上げると、

「ああ……、もっと……」

貴美江が身悶えて言い、両手を彼の頭に乗せて押さえつけ、股間を突き出し小刻み

に擦り付けてきた。

たちまち竜児の口の周りは熱い愛液でヌルヌルになり、彼も必死でクリトリスを舐め回しては、泉のように溢れるヌメリをすすった。

「い、入れて、お願い……」

貴美江が声を震わせてせがんできた。

竜児も身を起こし、股間を進めた。まずは挿入して彼女を果てさせ、自分は保ったまま二回目に突入すれば良いと思った。

幹に指を添えて先端を割れ目に擦り付け、潤いを与えてからゆっくり膣口に押し込んでいった。

ヌルヌルッと根元まで貫くと、

「アアッ……、すごい……！」

貴美江がすぐにも果てそうな勢いで喘ぎ、キュッキュッと若いペニスを締め付けてきた。竜児も股間を密着させ、脚を伸ばして身を重ねると、下から彼女も激しくしがみついてきた。

胸の下で巨乳が押し潰れ、心地よい弾力が伝わってきた。

上からピッタリと唇を重ねると、

「ンンッ……」

貴美江が呻き、熱い鼻息で彼の鼻腔を湿らせながら、待ち切れないようにズンズンと股間を突き上げてきた。

竜児もネットリと執拗に舌をからめ、美熟女の生温かな唾液と、滑らかに蠢く舌を味わった。

そして突き上げに合わせて腰を遣いはじめると、何とも心地よい肉襞の摩擦と温もり、熱い潤いと締め付けが彼自身を包み込んだ。

「アア、いきそうよ……」

貴美江が唾液の糸を引いて口を離し、喘ぎとともに白粉臭の吐息が悩ましく濃厚に鼻腔を刺激してきた。

この艶めかしい匂いで、彼もセーブしきれず高まってきた。

しかし、いきなり貴美江が突き上げを止めたのだ。

「ね、お尻の穴に入れてみて……」

貴美江が言い、竜児も驚いて動きを止めた。

「え？　大丈夫かな……」

「前から、一度してみたかったの」

彼女が言う。どうやら保健の先生だけあり性知識も豊富で、アナルセックスのことも興味があったようだ。

竜児も興味を覚え、やがて身を起こしていったんペニスを引き抜いた。

すると貴美江が自ら両脚を浮かせ、抱え込んで尻を突き出したのだ。見ると割れ目から溢れる愛液が、肛門もヌメヌメと濡らしていた。

「じゃ、無理だったら言って下さいね」

彼は言い、愛液に濡れた先端を、可憐な蕾に押し当てた。

貴美江は口呼吸をし、懸命に括約筋を緩めているようだ。竜児も呼吸を計り、グイッと押し込んでいった。

するとヌメリに助けられ、タイミングも良かったのか、蕾が丸く押し広がり、最も太いカリ首までが一気に潜り込んでしまったのだ。

「あう、いいわ、奥まで来て……」

貴美江が脂汗を滲ませて言い、彼もズブズブと根元まで挿入してしまった。

これで、美熟女の肉体に残った、最後の処女の部分を頂いてしまったのだ。

しかもこのペニスは、貴美江の娘の処女も奪っているのである。

さすがに膣内とは感触が異なり、入り口は狭いが奥は案外楽で、ベタつきもなくむしろ滑らかだった。

「大丈夫ですか」

「ええ、変な気持ちだけど痛くはないわ。最後までして」

囁くと貴美江がか細く答えた。どうやら中に射精までしてほしいらしい。

そういえば彼女の肛門に舌を出し入れさせたとき気持ち良さそうだったので、さらに強烈な刺激が欲しくなったのだろう。

竜児もアヌス処女ということで興奮を高め、感触と温もりを味わいながら、そっと腰を引いてズンと突き入れ、それを徐々にリズミカルに繰り返していった。

「アア……、い、いい気持ち……」

貴美江が言い、次第に括約筋の緩急に慣れてきたのか、動きも滑らかになっていった。そして彼女は自ら巨乳を揉みしだいて乳首をつまみ、もう片方の手は空いた割れ目に這わせはじめた。

愛液を付けた指の腹でクリトリスを擦り、竜児は大人の女性のオナニーを目の当たりにして絶頂を迫らせた。

次第に気遣いも忘れて股間をぶつけると、下腹部に尻の丸みが密着して快感が高まった。

「ああ、いきそう……」

貴美江が喘ぎ、クリトリスを擦る指の動きに合わせてピチャクチャと湿った音が聞こえてきた。興奮で膣内が収縮すると、連動して肛門内部もキュッキュッときつく締まった。

もう堪らず、竜児は激しい絶頂の快感に全身を貫かれてしまった。

「い、いく……！」

彼は口走りながら、ドクンドクンと熱い大量のザーメンを注入した。

「き、気持ちいいわ……、アアーッ……！」

熱い噴出を感じると、貴美江も声を上げ、ガクガクと狂おしいオルガスムスの痙攣を開始したのだった。もちろんアナルセックスより、自らのクリトリスへの刺激で果てたのかも知れない。

中に満ちるザーメンで、律動がさらにヌラヌラと滑らかになり、彼は快感を嚙み締めながら心置きなく最後の一滴まで出し尽くしていった。

「ああ……」

竜児は満足げに声を洩らし、徐々に動きを弱めていくと、貴美江もいつしか熟れ肌の強ばりを解き、グッタリと力を抜いて身を投げ出していた。

引き抜こうとすると、ヌメリと収縮でペニスは自然に押し出されてきた。

そしてツルッと抜け落ちると、彼は何やら美女に排泄されたような興奮を覚えた。

ペニスに汚れの付着は見当たらない。

丸く開いた肛門は一瞬中の粘膜を覗かせ、やがて徐々につぼまって、元の可憐な形状に戻っていったのだった。

5

「さあ、早く洗った方がいいわ」

余韻を味わう余裕もなく、さすがに保健の先生である貴美江は身を起こして言い、竜児も一緒にベッドを降りた。

バスルームに案内されると、彼女は手早く点火してシャワーの湯を出し、甲斐甲斐しく石鹸を泡立ててペニスを洗ってくれたのだ。

そして湯を掛けてシャボンを洗い流すと、

「オシッコしなさい。中からも洗い流した方がいいわ」

貴美江に言われ、彼は回復を堪えながら懸命に尿意を高め、ようやくチョロチョロと放尿することが出来た。

出し終えると、彼女はもう一度シャワーで洗い、屈み込んで顔を寄せると、消毒するようにチロリと尿道口を舐めてくれた。

「あう……」

竜児は呻き、もう堪らずムクムクと回復し、たちまち元の硬さと大きさを取り戻してしまったのだった。

「まあ、もうこんなに……」

それを見た貴美江が目を輝かせて言った。やはり彼女も、もう一度、今度は正規の場所に受け入れて果てたいのだろう。

「ね、先生もオシッコ出して。ここに立って」

彼は言い、床に座ったまま目の前に貴美江を立たせた。そして片方の足を浮かせ、バスタブのふちに乗せると開いた股間に顔を埋めた。

貴美江も股間を洗い流してしまったので、濃厚に籠もっていた匂いは薄れてしまったが、それでも舐めると新たな愛液が漏れ、たちまち舌の動きがヌラヌラと滑らかになった。

「ああ、無理よ、出ないわ……」

「待つので、ほんの少しでいいから」

貴美江がガクガクと膝を震わせて言い、竜児は執拗に割れ目内部を舐め回しながら答えた。

すると徐々に尿意も高まってきたか、柔肉の奥が迫り出すように盛り上がり、急に温もりと味わいが変わってきた。

「あう、出るわ、いいのね……」

貴美江が切羽詰まったように早口で言うなり、チョロチョロと熱い流れがほとばしってきた。

竜児は舌に受けて味わい、嬉々として喉を潤した。味も匂いも控えめだったが、勢いは次第に激しくなり、口から溢れた分が肌を伝い流れ、すっかり回復したペニスが温かく浸された。

「アア……、こんなことするなんて……」

貴美江が息を弾ませて言い、やがて流れを治めた。

彼は余りの雫をすすり、残り香に酔いしれながら柔肉に舌を這わせた。

「も、もうダメ……」

彼女が言って竜児の顔を突き放し、足を下ろした。どうやら早くベッドに戻って続きをしたいようだ。

もう一度二人でシャワーを浴び、身体を拭くとすぐに寝室へ戻った。

今度は竜児がベッドに仰向けになり、突き立ったペニスを震わせると、貴美江も彼の股間に顔を寄せてきた。

竜児は両脚を浮かせて抱え、手で目いっぱい谷間を広げて尻を突き出した。

「ここ舐めて」

言うと貴美江も屈み込み、厭わずチロチロと肛門を舐めてくれた。

「ああ、気持ちいい……」

竜児は貴美江の鼻息に陰嚢をくすぐられ、肛門に滑らかな舌を感じながら喘いだ。

彼女もヌルッと潜り込ませ、中で舌を蠢かせてくれた。

「く……」

竜児は快感に呻き、キュッと肛門で美熟女の舌先を締め付けた。

そして充分に味わい、脚を下ろすと貴美江も舌を離し、鼻先にある陰嚢をしゃぶってくれた。二つの睾丸を舌で転がし、生温かな唾液に袋全体を濡らすと、愛撫をせがむように幹がヒクヒクと上下した。

貴美江も前進して肉棒の裏側をゆっくり舐め上げ、粘液の滲む尿道口をチロチロと探ると、そのままスッポリと喉の奥まで呑み込んでいった。

「アア……」

熱く濡れた口腔に深々と含まれ、彼は幹を震わせて喘いだ。

貴美江が熱い息で恥毛をそよがせながらモグモグと幹を締め付けて吸い、口の中では舌が滑らかにからみついた。

さらに顔を上下させ、スポスポと強烈な摩擦を繰り返され、たちまち彼は絶頂を迫らせていった。

「い、いきそう、跨いで入れて下さい……」

言うと、貴美江もすぐにスポンと口を離し、身を起こして前進してきた。

彼の股間に跨がると、幹に指を添えて先端を膣口に当て、息を詰めてゆっくりと腰を沈み込ませていった。

ヌルヌルッと根元まで受け入れると、

「アアッ……、奥まで届くわ……」

股間を密着させた貴美江が顔を仰け反らせて喘いだ。

竜児も温もりと感触に包まれ、股間に重みを受け止めながら快感を嚙み締めた。

互いに、やはりこの場所に入れるのが良いという気持ちが伝わり合うようだった。

両手を伸ばして抱き寄せると、彼女も身を重ねてきたので、竜児は胸に巨乳を押し付けられながら、膝を立てて豊満な尻を支えた。

貴美江が自分から唇を重ね、舌を潜り込ませて彼の口の中を舐め回した。

竜児も舌をからめ、生温かな唾液をすすりながら両手で熟れ肌にしがみつき、ズンズンと股間を突き上げはじめた。

「アア……、すぐいきそう……」

貴美江が口を離して喘ぎ、合わせて腰を遣った。溢れる愛液が互いの股間をビショビショにさせ、クチュクチュと湿った摩擦音が響いた。

竜児は彼女の喘ぐ口に鼻を押し込み、熱く濃厚な白粉臭の吐息でうっとりと胸を満たし、急激に高まっていった。

「い、いきそう……」

「いいわ、私も……」

竜児が言うと貴美江も収縮で応え、たちまち彼は激しく昇り詰めてしまった。

「ああ、気持ちいい……！」

口走りながら、ありったけの熱いザーメンをドクンドクンとほとばしらせると、

「か、感じる……、アアーッ……！」

奥深い部分を直撃されると同時に、貴美江も声を震わせ、ガクガクと狂おしいオルガスムスの痙攣を開始したのだった。

吸い込まれるような収縮の中、彼は快感を嚙み締め、心置きなく最後の一滴まで出し尽くしていった。

「ああ……」

満足しながら声を洩らし、徐々に突き上げを弱めていくと、貴美江も熟れ肌の硬直を解き、力を抜いてグッタリともたれかかってきた。

やがて互いの動きが完全に停まっても、彼女は断続的にビクッと肌を震わせ、名残惜しげに収縮を繰り返した。

過敏になった幹が内部でヒクヒクと跳ね上がり、彼は美熟女の重みと温もりを受け止め、熱く悩ましい白粉臭の吐息を間近に嗅ぎながら、うっとりと快感の余韻に浸り込んでいったのだった。

やがて呼吸を整えると、貴美江が枕元のティッシュを手にして、そろそろと身を起こしていった。

そして自分の割れ目を拭いながら顔を移動させ、愛液とザーメンにまみれて湯気を立てている亀頭に屈み込むと、パクッと咥えて舌をからませてきたのである。

「あう……」

竜児は刺激に呻いたが、もう無反応期は過ぎていたので、滑らかな舌の愛撫にムクムクと、彼女の口の中で回復していった。

「まあ、まだ出来るのね。でも私はもう充分なので、飲ませて」

前後の穴で若いザーメンを吸収した貴美江が口を離して言い、再び含むと今度は本格的にスポスポと摩擦してくれた。

竜児も身を投げ出し、全身で美熟女の愛撫を受け止めた。

そしてズンズンと股間を突き上げながら、たちまち三度目の絶頂を迎えてしまったのである。

「ああ、気持ちいい、いく……！」

快感に口走りながら、まだ残っていたかと思える量のザーメンがドクンドクンと勢いよく噴出した。

「ンン……」

貴美江は熱く鼻を鳴らして受け止め、強くチューッと吸い付いてきたのだ。

「あう、すごい……」

まるで陰嚢から直に吸われ、ペニスがストローと化したかのようだ。だから美女の口を汚すというより、彼女の意思で吸い出される感じである。

彼は魂まで吸い取られる心地で、最後の一滴まで出し尽くしていった。

出なくなると、貴美江は含んだままゴクリと喉を鳴らして飲み込んでくれた。

「あう……」

締まる口腔の刺激に呻くと、ようやく貴美江は口を離し、なおも幹をしごいて余りを絞り、尿道口に脹らむ白濁の雫まで丁寧に舐め取ってくれた。

「も、もういいです、ありがとうございました……」

竜児は律儀に礼を言い、過敏に幹をヒクつかせながら、降参するようにクネクネと腰をよじったのだった。

第五章　制服少女に挟まれて

1

「今日、うちへ来て。両親が旅行中でいないから、お昼しましょう」

翌日の昼、授業を終えたところで美佐子が竜児の教室へ来て言った。

もちろん竜児に否やはない。

彼がカバンを持って、下駄箱で靴を履き替えると、外で美佐子が待っていた。

そしてバス停に近い裏門の方へ向かうと、校舎の陰で例の不良二人がタバコを吹かしていた。

「うわ……！」

二人は、強い美佐子と竜児を見て青ざめた。

「何吸ってる。一本くれないか」

竜児が言うと、一人がポケットからタバコをオズオズと差し出してきた。

日本専売公社の、青いパッケージに旗がデザインされている。

「マリーナか、懐かしいな」

当時悪戯で吸っていた竜児は言い、一本抜き出して咥えると、不良が円柱型の百円ライターで微かに震えながら火を点けてくれた。

吸い込むと、懐かしい香りがした。竜児は六十七歳の時、禁煙して一年だったが、たまに吸いたくなることがあったのだ。

竜児が吸っていたのはメビウスの10だったので、マリーナはかなり軽めだ。

ちなみにマリーナは昭和四十八年当時、二十本入りで百円。のち百五十円に値上げされたものの、昭和五十三年には製造が中止されている。

それでも味わいながらタバコを吹かしているのを、美佐子が笑みを含んで見つめている。

やがて半分以上灰にすると、竜児は連中が灰皿代わりにしているコーラの空き缶に吸い殻を捨てた。

「ありがとう」

竜児が言って美佐子と歩きはじめると、不良の二人は最後まで無言で呆然と二人を見送っていた。

裏門から出てバス停に行き、来たバスに乗り込んで美佐子の家に向かった。

バスを降りて住宅街に歩きはじめると、美穂の家からそれほど遠くない場所に福田家があった。

何と大きな邸宅ではないか。二階建ての白亜の建物で庭も広く、やはり美佐子は金持ちのお嬢様だったのだ。あとで聞くと、美佐子の父親は医学部の教授ということである。

中に入ると、リビングも広く、豪華なソファーや大型テレビが置かれていた。

「ゆうべの余りだけど」

美佐子が食堂に招いて言い、鍋のシチューを温めた。そういえば昨夜は美穂が泊まったと言うから、一緒に作ったのかも知れない。

するとチャイムが鳴り、その美穂が入って来たのである。

(うわ、これじゃ食事とお喋りだけかな……)

竜児は、美佐子と出来る期待を抑えて思った。どうやら美穂は、続いて来た次のバスで到着したらしい。

そして彼は、セーラー服の二人と一緒にシチューの昼食を終えたのだった。

美穂は、昨夜ここに一泊し、今朝も一緒に登校し、今も真っ直ぐ来たので、まるで自分の家のように寛いでいた。

やがて食事を終え、洗い物を流しに置くと美佐子が言った。

「じゃ、二階の私の部屋で、三人で楽しみましょうね」

「さ、三人で……？」

美佐子の言葉に竜児は目を丸くしたが、すでに話し合っていたらしく美穂も平然とし、笑窪の浮かぶ頬を上気させているではないか。

「三人でするのは嫌？」

「と、とんでもない。夢のようです……」

竜児は美佐子に言いながら、急激に期待で股間が脹らんできた。

「その、僕だけシャワーを借りたいんだけど。君たちはそのままでいいからね」

「そう？　構わないけど、私たちはゆうべ久々のお喋りに夢中でお風呂入っていないのよ」

「わあ、それならなおさら嬉しい」

竜児が胸を高鳴らせて言うと、美佐子が洗面所に案内してくれ、ガスに点火してタオルも出してくれた。

「じゃ二階に行ってるので、なるべく早く来てね」

美佐子が言って出ていくと、竜児は手早く全裸になり、彼女のものらしいピンクの歯ブラシを勝手に借りた。

（わあ、広い……）

バスルームに入ると、彼は広い洗い場とバスタブに目を見張った。

とにかく竜児はシャワーの湯を浴び、ボディソープで腋と股間を念入りに洗い、手早く歯磨きをした。そして放尿まですませると、準備万端整い、シャワーを止めて身体を拭いた。

やがて脱いだものを抱え、全裸にスリッパだけ履き、脱衣所を出ると玄関脇の階段を上がっていった。初めて訪ねてきた他人の大邸宅で、全裸で歩き回るのも妙な気分である。

二階に上がると、ドアが開いていて美佐子の部屋はすぐ分かった。

広い洋間に暖色のカーペットが敷かれ、ベッドと学習机、本棚にレコード棚に小型テレビにステレオ、そして壁にはピアノやお花、書道や少林寺拳法の免状や賞状が掛かっていた。

　そして室内には、思春期の生ぬるい匂いが、今は二人分となって甘ったるく立ち籠めていた。

　お喋りしていた二人も入って来た竜児を見ると、すぐにソックスを脱ぎ、制服のスカートをめくって下着を脱ぎ去った。どうやら最初は着衣のままらしく、彼は期待に激しく勃起した。

「じゃここに寝て、最初は好きにしたいので、じっとしててね」

　美佐子が言い、彼も素直にベッドに仰向けになった。ピンピンに勃起したペニスを着衣の二人に見られるのは、ゾクゾクするような興奮があった。

　やはり枕には、美佐子の悩ましい匂いが濃く沁み付いていた。

　すると二人はノーパンのセーラー服のまま、ベッドに上って彼を左右から挟み付けてきたのである。二人は申し合わせていたように屈み込み、同時に彼の両の乳首にチュッと吸い付いてきた。

「あう……」

　ダブルの刺激に、彼は思わず呻いた。

　二人は熱い息で肌をくすぐりながら、チロチロと舌を這わせた。

「ああ、気持ちいい、噛んで……」

竜児が快感に任せて言うと、二人も綺麗な歯並びで左右の乳首をキュッと噛んでくれた。

「あうう、もっと強く……」

さらにせがむと、二人は咀嚼するようにキュッキュッとやや強めに歯を立てた。

竜児は甘美な刺激に高まり、さらに二人は移動し、脇腹や下腹にもキュッと歯を食い込ませてきた。

そのたびに彼はビクリと反応し、何やら美しい妖怪たちに少しずつ全身を食べられていくような気持ちになった。

すると二人は股間を避け、彼の脚を舐め下りていったのである。

何やら、日頃の彼の愛撫パターンをなぞっているかのようだ。

とにかく彼は仰向けのままじっとし、二人がかりの刺激に身を委ねていた。

とうとう二人は同時に彼の足裏を舐め、爪先にまでしゃぶり付いてきた。

指の股にヌルッと舌が割り込むと、

「あう、いいよ、そんなことしなくても……」

竜児は申し訳ないような快感に呻いたが、二人は彼を感じさせるためというより、単に男を隅々まで賞味しているだけのようだ。

とにかく自分だけシャワーを浴びて良かったと彼は思った。

両足とも、全ての指の股がしゃぶられると、何やら生温かなヌカルミでも踏んでいるようで、竜児は興奮しながら美少女たちの舌を唾液に濡れた爪先でキュッと挟み付けた。

ようやく口を離すと、二人はチームワークよく、彼を大股開きにさせて脚の内側を舐め上げてきた。もちろん内腿もキュッと噛まれ、

「あう、気持ちいい……」

竜児はクネクネと身悶えながら、二人分の愛撫に高まった。

これではペニスに触れられる前に果てそうで、すでに尿道口からはヌラヌラと先走り液が滲んでいた。

そして二人が頬を寄せ合い、混じり合った熱い息を股間に籠もらせると、美佐子が彼の両脚を浮かせ、まずは尻の谷間に舌を這わせてきた。

前は、美佐子は肛門を舐めるのを嫌がったが、今は彼も綺麗に洗ったし、自宅だからリラックスしているのだろう。

チロチロと肛門が舐められると、美穂は尻の丸みに歯を立てていた。

美佐子の舌がヌルッと肛門に入ると、

「く……！」

竜児は妖しい快感に呻き、キュッと肛門で舌先を締め付けた。

美佐子が中で舌を蠢かせ、やがて引き離すと、すかさず美穂が同じように舐め、ヌルッと潜り込ませてくれた。女同士で戯れていた仲だから、美佐子の唾液に濡れていても気にならないようだ。

やがて美穂も舌を離すと、脚が下ろされ、二人は頬を寄せ合って彼の股間に潜り込み、同時に陰嚢にしゃぶり付いてきたのだった。

2

「アア、気持ちいい……」

竜児はダブルの刺激に喘ぎ、ヒクヒクと幹を上下させた。

美佐子と美穂も、それぞれの睾丸を舌で転がし、混じり合った生温かな唾液で袋を濡らした。

そしてとうとうペニスに迫り、滑らかな舌で裏側と側面を舐め上げてきたのだ。

先端まで来ると、粘液の滲む尿道口が交互にペロペロと舐められ、張りつめた亀頭にも同時にしゃぶり付いてきた。

「あうう、い、いきそう……」

彼は急激な高まりに呻いたが、二人は強烈な愛撫を止めなかった。

股間を見ると、セーラー服の美少女が二人、一緒に亀頭を舐めている。一人は長い髪で、もう一人は笑窪のあるショートカット、それぞれに魅力ある美少女に舐められるとは、何という贅沢であろうか。

まるで美しい姉妹が一緒にバナナを食べているような、あるいはレズのディープキスの間にペニスが割り込んでいるかのようだ。

二人は交互にスッポリと含み、舌をからめてから頬をすぼめ、チューッと吸い付きながらスポンと引き抜くと、すぐにも交代して同じようにしてくれた。

もう竜児は、どちらの口に含まれているか分からないほどの快感に朦朧となってしまった。

さらに含んで二人が交互にスポスポと顔を上下して摩擦すると、もうひとたまりもなく彼は昇り詰めてしまった。

「い、いく……、アアッ……！」

いかに警告を発しても二人が貪り続けているので、とうとう竜児は声を上げてガクガクと身悶え、熱い大量のザーメンをドクンドクンと勢いよくほとばしらせてしまったのだった。

「ンンッ……！」

ちょうど含んでいた美穂が、喉の奥を直撃されて呻き、口を離すとすかさず美佐子がパクッと含み、余りのザーメンを吸い出してくれた。

「く……、気持ちいい……」

竜児は快感に呻きながら、最後の一滴まで出し尽くしてしまった。

グッタリと身を投げ出し、荒い動悸と呼吸を繰り返していると、美佐子が亀頭を含んだままゴクリと飲み込んでくれ、

「あう……」

嚥下とともにキュッと締まる口腔の刺激に彼は呻いた。

ようやく美佐子が口を離すと、なおも幹をニギニギしながら尿道口から滲む雫を、二人がかりでチロチロと舐め取ってくれた。

もちろん美穂も、口に飛び込んだ濃厚な第一撃は飲み干していた。

「も、もういい……」

竜児は幹を過敏に震わせ、強すぎる刺激にクネクネと腰をよじって降参した。すると、やっと二人も舌を引っ込めて顔を上げ、チロリと舌なめずりした。

「じゃ、回復するまで何でもしてあげるから言って」

美佐子が嬉しいことを言ってくれ、竜児も呼吸を整えながら、

「あ、足を顔に乗せて……」

仰向けのまませがんだ。

「いいわ、そう言うと思った」

美佐子が答えると、美穂と一緒に立ち上がり、彼の顔の左右に立った。

二人分の真下からの眺めは壮観で、すぐにも彼自身はムクムクと回復してきた。

やはり相手が二人もいると、回復力も倍加しているようだ。

そして二人は体を支え合いながら、そろそろと片方の足を浮かせ、同時に彼の顔に乗せてきた。

「ああ、嬉しい……」

竜児は二人分の足裏を顔に受けて喘ぎ、それぞれに舌を這わせた。

指の股に鼻を割り込ませて嗅ぐと、どちらも汗と脂に湿り、ムレムレの匂いが濃く沁み付いていた。

しかも二人分だし、最後の入浴が一昨夜だろうから、今までで一番濃厚に鼻腔が掻き回された。胸に沁み込む匂いが心地よい刺激となり、すっかり回復したペニスに伝わっていった。

それぞれの爪先をしゃぶり、二人分の指の股を順々に味わうと、

「あん、くすぐったいわ……」

美穂は可憐な声で喘ぎ、思わずキュッと踏みつけてきたりした。

やがて充分に舐めると足を交代させ、彼は新鮮な味と匂いを二人分貪り尽くしたのだった。

「じゃ、顔に跨がって」

口を離して言うと、やはり姉貴分の美佐子が先に跨がり、和式トイレスタイルでしゃがみ込んできた。

濃紺のスカートの裾が巻き起こす生ぬるい風が顔を包み、美佐子の脚がM字型になり、内腿がムッチリと張りつめた。

鼻先に迫る割れ目に舌を這わせると、すでに熱い蜜が大量に溢れていた。

恥毛に鼻を押し付けて嗅ぐと、汗とオシッコの蒸れた匂いも今までで一番濃く鼻腔を刺激してきた。

膣口の襞を探り、クリトリスまで舐め上げていくと、

「アアッ……、いい気持ち……」

美佐子が熱く喘ぎ、新たな愛液を漏らしてきた。

竜児は、いつになく濃い匂いを貪ってから、尻の真下に潜り込んだ。

顔に弾力ある双丘を受け止め、谷間の蕾に鼻を埋め、蒸れて生々しい匂いを嗅いでから舌を這わせた。

ヌルッと潜り込ませて滑らかな粘膜を味わうと、

「あう、美穂にもしてあげて……」

美佐子は、さすがにお姉さんらしく快楽を中断させ、妹分のために腰を浮かせて場所を空けた。

すると美穂もためらいなく跨いでしゃがみ込み、ぷっくりした割れ目を彼の鼻先に迫らせてきた。美穂も、美佐子に負けないほど大量の蜜を漏らし、濃い匂いを漂わせていた。

竜児は美少女の腰を抱え、若草の丘に鼻を擦りつけて嗅いだ。

生ぬるく蒸れた汗とオシッコの匂いに、悩ましいチーズ臭が混じって鼻腔が刺激された。胸を満たしながら舌を這わせ、溢れる蜜をすすって膣口からクリトリスまで舐

め上げていった。

「アア……、いいわ……」

美穂は喘ぎ、懸命に両足を踏ん張りながらクネクネと腰をよじった。

チロチロとクリトリスを舐めて蜜を飲み込み、味と匂いを堪能してから尻の真下に潜り込んだ。大きな水蜜桃のような尻を顔に受け、蕾に籠もった悩ましい匂いを嗅ぎ、舌を這わせてヌルッと潜り込ませた。

「あう……」

美穂が呻き、肛門で舌先が締め付けられると、そのとき竜児の股間に美佐子の熱い息がかかった。ペニスが含まれ、たっぷりと唾液に濡らすと、美穂が身を起こして跨がってきたのだ。

どうやら待ち切れなくなり、女上位で挿入してきたのである。

ヌルヌルッと根元まで受け入れた美佐子が、ピッタリと股間を密着させると、

「アアッ……、いい気持ち……」

彼女は喘ぎ、前にしゃがみ込んでいる美穂の背に縋《すが》り付いた。

顔と股間に美少女たちが跨がっているというのも、実に一生に一度の体験ではないだろうか。

美佐子は脚をM字にさせ、スクワットするように腰を上下させはじめた。

やがて美穂も、前と後ろを舐められ、それ以上の刺激を避けるように彼の顔から股間を引き離した。

すると美佐子が身を重ねてきたのだ。

自分でセーラー服の裾をめくり上げると、形良いオッパイが露出した。

どうやら二人は、彼がシャワーを浴びている間にノーブラになっていたようだ。

竜児は抱き寄せて、美佐子の左右の乳首に吸い付き、添い寝してきた美穂の裾もめくり、そちらの乳首も含んで舐め回した。

二人分の乳首と膨らみを味わい、さらに彼は乱れたセーラー服に潜り込み、それぞれの汗ばんだ腋の下にも鼻を埋め、甘ったるい汗の匂いに噎せ返った。

美佐子も徐々に動きを強め、強烈な摩擦と締め付けを繰り返した。

竜児も快感に高まってきたが、さっき二人に口内発射したばかりだから、何とか美佐子が果てるまで保てるだろう。

何しろ二人が相手だから愛撫も平等に扱い、なるべく体力も温存しておかなければいけない。

すると彼の思惑通り、先に美佐子が収縮と潤いを強め、ガクガクと痙攣を開始したのである。

「い、いっちゃう……、アアーッ……!」

美佐子が声を上ずらせ、激しいオルガスムスに身悶えはじめた。

粗相したように大量の愛液が彼の股間までビショビショにさせ、クチュクチュと淫らな摩擦音を繰り返していた。

何とか竜児も収縮の中で暴発を堪え、やがて満足して硬直した美佐子が静かになるのを待ったのだった。

3

「じゃ、二人で左右から僕の肩を跨いでね」

バスルームの洗い場に座り、竜児は美佐子と美穂に言った。

あれから美佐子がすっかり満足し、いったん休憩してシャワーを浴びに降りてきたのだ。

濃厚な体臭が消えてしまうのはもったいないが、何しろ彼は二人分のオシッコを浴びたいのである。

二人も素直に彼の肩を左右から跨ぎ、顔に股間を突き出してくれた。

「じゃ、出してね」

竜児は言い、それぞれの脚を抱え込んで、左右の割れ目に舌を這わせた。

二人も息を詰め、下腹に力を入れて尿意を高めてくれている。

すると、やはり美佐子が先にチョロチョロと放尿しはじめてくれた。

そちらに顔を向け、舌に受けて味わっていると、

「あん、出るわ……」

美穂も言い、熱い流れを彼の肌に注いできた。

そちらにも顔を向けて味わい、その間は肌に温かなシャワーを浴びることになる。

どちらも味も匂いも淡いものだが、さすがに二人分となると悩ましく鼻腔が刺激され、微妙に異なる味わいも興奮を高めた。

やがて順々に勢いが衰え、それぞれが流れを治めていった。

竜児は交互に濡れた割れ目を舐め回し、残り香の中で余りの雫をすすった。

すると、二人とも新たな蜜を漏らし、ガクガクと膝を震わせた。

「も、もういいわ、ベッドに戻りましょう……」

美佐子が言うと、二人は股間を引き離し、もう一度三人でシャワーを浴びた。

そして身体を拭くと、三人は全裸のままバスルームを出て階段を上り、美佐子の部屋に戻ったのだった。

再び竜児がベッドに仰向けになると、また二人は顔を寄せて亀頭をしゃぶった。

「さあ、じゃ入れて中に出してもらいなさい」

顔を上げた美佐子が言うと、美穂も身を起こして彼の股間に跨がってきた。

さっきと違い今度は二人も全裸なので気分も変わり、彼自身は挿入を待ってピンピンに突き立っていた。

それにしても、美佐子がまた回復したらエンドレスになるのではないかという不安も湧いたが、これも実に贅沢な悩みであった。

美穂が二人分の唾液に濡れた先端に割れ目を押し付け、ゆっくり腰を沈めて膣口に受け入れていった。

ヌルヌルッと根元まで嵌まり込むと、

「アアッ……!」

美穂が顔を仰け反らせて喘ぎ、ぺたりと座り込んできた。

竜児もきつい締め付けと摩擦、熱いほどの温もりを感じながら、両手を伸ばして美穂を抱き寄せた。

彼女が身を重ねてくると、彼は両膝を立てて尻を支え、添い寝している美佐子の顔も同時に引き寄せた。

何しろ美佐子から安全日というお墨付きがあるので、美穂に中出しが出来るのだ。

下から美穂に唇を重ね、舌を挿し入れると、横から美佐子も唇を割り込ませ、舌をからめてきたのである。

竜児は、二人分の舌を同時に舐めることが出来、混じり合った唾液をすすりながら激しく高まった。二人もレズごっこをしてきただけあり、女同士の舌が触れ合うことにも抵抗が無い。

三人が鼻を突き合わせているので、二人分の熱い息に彼の顔が心地よく湿った。

ズンズンと股間を突き上げはじめると、

「アアッ……」

美穂が口を離して熱く喘いだ。痛そうな様子もなく、まして美佐子の激しいオルガスムスを目の当たりにしたばかりだから、自分も大きな快感を得たいと思っているのだろう。

竜児は肉襞の摩擦に高まりながら、それぞれの喘ぐ口に鼻を押し込んで熱い吐息を嗅いだ。どちらも甘酸っぱい果実臭だが、美穂は桃のようで、美佐子はイチゴのように微妙に異なる刺激を含んでいた。

それを同時に嗅げるのだから、彼はまた贅沢な快感に絶頂を迫らせた。

「唾を出して……」

言うと二人も懸命に唾液を分泌させ、白っぽく小泡の多いシロップをグジューッと続けて吐き出してくれた。

竜児は生温かくミックスされた清らかな唾液を味わい、うっとりと飲み込んだ。

「顔にもペッて吐きかけて」

さらにせがむと、

「いいのかしら……」

美佐子もさすがに少しためらったが、やがて口を寄せて吸い込んだ息を止め、ペッと強く吐きかけてくれた。

「ああ、気持ちいい、美穂ちゃんも」

言うと美穂も軽くペッと吐き出してくれた。甘酸っぱい息とともに、唾液の固まりが彼の鼻筋や頰を濡らし、淡い匂いを漂わせながら頰の丸みをトロリと心地よく伝い流れた。

「い、いきそう、顔じゅうヌルヌルにして……」

竜児が股間を突き上げながらせがむと、二人も彼の鼻筋や頬に舌を這わせ、舐めるというより吐き出した唾液を塗り付けてくれた。

たちまち顔は二人分の唾液にパックされたようにヌルヌルにまみれ、唾液と吐息の匂いが激しく彼を高まらせた。

「い、いく……！」

竜児は呻き、美少女たちの濃厚な吐息を嗅ぎ、美穂の締め付けと摩擦の中で昇り詰めてしまった。

同時に、ありったけの熱いザーメンがドクンドクンと勢いよくほとばしり、

「あう、熱いわ……、いい気持ち……！」

噴出を感じた美穂も声を上げ、ガクガクと全身を痙攣させた。

まだ本格的なオルガスムスではないが、それなりの高まりが得られたようだ。

やはり気心の知れたお姉さんもいるし、少なくとも挿入の痛みは克服しているのだろう。

この分なら遠からず、膣感覚の大きな絶頂に達するに違いなかった。

竜児は心ゆくまで快感を噛み締め、美少女の柔肉の奥に最後の一滴まで出し尽くしていった。

「ああ……、良かった……」

竜児はすっかり満足しながら声を洩らし、徐々に突き上げを弱めながら四肢の力を抜いていった。

美穂も力を抜き、グッタリともたれかかってきた。

まだ膣内は異物を確かめるような収縮がキュッキュッと繰り返され、彼自身は中でヒクヒクと過敏に跳ね上がった。

そして竜児は、二人の顔を引き寄せ、美少女たちの熱い吐息を同時に嗅ぎながら、ミックス果実のような甘酸っぱい匂いで鼻腔を満たし、うっとりと余韻に浸り込んでいったのだった……。

4

「ね、先生、少しだけ……」

翌日の昼、竜児は文芸部室に百合子を呼び出して言った。もちろん戸は内側からロックしたし、他の生徒たちも下校したことだろう。

昨日は美佐子の部屋で美穂も加え、三人でとことん楽しんだが、やはり一夜明けると彼の淫気は完全にリセットされていた。

それに複数プレイはたまのお祭りのようなもので、本来の秘め事は男女が一対一で密室で行う方が淫靡だと実感していたのだ。

百合子もためらいがちだが、やはり淫気は隠しようもなく、校内というスリルも刺激になっているようだ。ましてテスト前で半日授業の今は、まず誰かが来るような時期ではない。

竜児はエアーマットを敷き、学生服を脱いで仰向けになり、腰を浮かせて下着ごとズボンを膝まで下ろした。すでに彼自身はピンピンに突き立ち、先端から粘液を滲ませている。

百合子も裾をめくって黙々とパンストとショーツを脱ぎ去り、恐る恐る彼に近づいてきた。

「足を顔に乗せて下さい」

竜児は、昨日二人にされたプレイを思い出して言った。

「え……、そんなこと……」

百合子が言い、少し尻込みしたが、淫気に突き動かされるように彼の顔の横に立った。そして壁に手を突いて身体を支えながら、そろそろと足を浮かせ、素足の裏を彼の顔に乗せてくれた。

「ああ、変な気持ち、生徒の顔を踏むなんて……」

百合子はか細く言い、ガクガクと膝を震わせた。

竜児はうっとりと顔じゅうで足裏の感触を味わい、舌を這わせながら足指の間に鼻を押し付けて嗅いだ。今日も蒸れた匂いが濃く沁み付き、彼は爪先にしゃぶり付いて、汗と脂に湿った指の股に舌を割り込ませて味わった。

「あう……」

百合子が呻き、彼は心ゆくまで味わった。

足を交代してもらい、そちらも竜児は新鮮で濃厚な匂いを貪り、全ての指の股をしゃぶり尽くしてしまった。

そして彼女の足首を摑んで顔を跨がせ、

「しゃがんで」

下から言うと百合子も羞じらいに息を弾ませながら、ゆっくり和式トイレスタイルでしゃがみ込んでくれた。

脚がM字になってムッチリと張りつめ、スカートの奥の暗がりにある割れ目が彼の鼻先までズームアップしてきた。

「ああ、恥ずかしい……」

百合子が声を震わせ、白い内腿を強ばらせた。しかし割れ目からはトロトロと大量の愛液が溢れ、今にもツツーッと滴りそうなほど潤っていた。

腰を抱き寄せて茂みに鼻を埋め込むと、隅々に籠もって蒸れた汗とオシッコの匂いが悩ましく鼻腔を刺激してきた。

彼は充分に胸を満たしながら舌を挿し入れ、淡い酸味のヌメリの湧き出す膣口を掻き回し、大きなクリトリスまでゆっくり舐め上げていった。

「アアッ……！」

百合子が喘ぎ、懸命に足を踏ん張りながら下腹をヒクつかせ、新たな愛液を垂らしてきた。

竜児は味と匂いを貪ってから、百合子の尻の真下に潜り込み、顔じゅうでひんやりした双丘を受け止めながら、レモンの先のように艶めかしく突き出た蕾に鼻を埋めて、蒸れた生々しい匂いを嗅いだ。

そしてチロチロと舌を這わせ、ヌルッと潜り込ませた。

「く……」

彼女が呻き、キュッと肛門で舌先を締め付け、竜児は甘苦く滑らかな粘膜を執拗に探った。

「も、もうダメ……」

しゃがみ込んでいられなくなったように百合子が言い、ビクリと股間を引き離してしまった。竜児が百合子の顔を股間に押しやると、彼女も素直に移動し、大股開きになった真ん中に陣取った。

そして舌を出して肉棒の裏側を舐め上げ、先端に達すると粘液の滲む尿道口をチロチロと舐め回してくれた。そして張りつめた亀頭にしゃぶり付き、そのままスッポリと喉の奥まで呑み込んでいった。

「ああ、気持ちいい……」

竜児は深々と含まれて喘ぎ、中でヒクヒクと幹を震わせた。

百合子も熱い息を股間に籠もらせ、幹を締め付けて吸い、口の中では満遍なく舌をからませ、彼自身を温かな唾液にまみれさせてくれた。

股間を見ると、日頃颯爽と授業をしているメガネ美女が、上気した頬をすぼめて貪り、さらに顔を小刻みに上下させ、濡れた口でスポスポとリズミカルな摩擦を繰り返してくれた。

「い、入れて、先生……」

すっかり高まった竜児が言うと、百合子もスポンと口を引き離して顔を上げ、前進して股間に跨がってきた。

先端に割れ目を当て、ゆっくり腰を沈み込ませていくと、彼自身はヌルヌルッと滑らかに温かな肉壺に呑み込まれていった。

「アアッ……！」

百合子が完全に股間を密着させ、顔を仰け反らせて喘いだ。

二人の股間をスカートが温かく覆い、彼は膣内の温もりと感触を味わいながら、百合子のブラウスのボタンを外していった。

途中からは彼女が自分で胸を開き、ブラをずらして身を重ねてきた。

竜児も潜り込むようにして、はみ出した乳房に顔を埋め、チュッと乳首に吸い付いて舌で転がした。

「ああ……、いい気持ち……」

左右の乳首を味わうと百合子が熱く喘ぎ、さらに彼は乱れたブラウスに潜り込み、色っぽい腋毛に鼻を埋め込んで、濃厚に甘ったるい汗の匂いに噎せ返った。

すると待ち切れないように百合子が、股間を擦り付けるように動かしはじめた。

竜児は美人教師の白い首筋を舐め上げて顔を引き寄せ、下からピッタリと唇を重ねて舌を挿し入れた。

「ンン……」

百合子もネットリと舌をからめ、熱く呻いて彼の鼻腔を湿らせた。

竜児も下から両手でしがみつき、膝を立てて尻を支えながらズンズンと股間を突き上げはじめていった。

「アア……、す、すぐいきそうよ……」

百合子が口を離し、収縮を強めて喘いだ。やはり校内だから早くすませようと気が急き、スリルにより快感も急激に高まったようだ。

竜児は百合子の熱く喘ぐ口に鼻を押し込み、湿り気ある吐息を胸いっぱいに吸い込んだ。今日も花粉のような甘い匂いに、ほんのりオニオン臭の刺激が混じって鼻腔が掻き回された。

「唾をかけて、ペッて強く」

「そんなこと、無理よ……」

竜児が言うと、百合子がキュッと締め付けながら答えた。

「お願い、百合子先生が決して他の男にしないことを、僕だけにされたい」

せがむと、ようやく百合子も形よい唇をすぼめて迫り、ためらいがちにペッと吐きかけてくれた。

「ああ、気持ちいい……」

竜児は鼻筋を生温かな唾液に濡らされ、かぐわしい息を嗅ぎながら喘いだ。

しかし彼女も喘ぎ続け、口が乾き気味のせいか唾液は少量だった。

そして彼が突き上げを強めると、溢れる愛液に律動が滑らかになり、ピチャクチャと淫らな摩擦音が響いてきた。

「い、いっちゃう……、アアーッ……！」

あっという間に百合子が声を上ずらせ、ガクガクと狂おしいオルガスムスの痙攣を開始した。すると竜児も、その貪欲な収縮に巻き込まれ、たちまち続いて昇り詰めてしまった。

「く……、気持ちいい……！」

彼は大きな絶頂の快感に呻き、熱い大量のザーメンをドクンドクンと勢いよくほとばしらせた。

「あう、すごい……！」

噴出を感じ、百合子は駄目押しの快感を得たように呻き、膣内のザーメンを飲み込むようにキュッキュッときつく締め上げた。

竜児は快感を噛み締めながら、心置きなく最後の一滴まで出し尽くしていった。

すっかり満足しながら徐々に突き上げを弱めていくと、

「アア……」

百合子も満足げに声を洩らし、力を抜いてグッタリと彼に体重を預けてきた。

まだ膣内は名残惜しげな収縮を繰り返し、刺激された幹が内部でヒクヒクと過敏に跳ね上がった。

「あう……、もうダメ……」

百合子も敏感になっているように呻き、彼は完全に動きを止めると、美人教師のかぐわしい吐息で胸を満たし、うっとりと余韻を味わったのだった……。

5

「ね、先生、ほんの少しでいいからしたい……」

翌日の昼過ぎ、竜児は保健室に行って貴美江に言った。

もう毎日のように女体を味わい、テスト勉強などする暇が無かった。これでは一度目と同じような成績になってしまうかも知れない。

貴美江も、もう誰も来ない期間なので、すぐにも淫気のスイッチを入れてくれたように、彼を奥のベッドルームに誘った。

竜児は手早く学生服と、ズボンと下着を脱いでベッドに横になった。

すると彼女も白衣とブラウスの前を開き、ブラのホックを外し、息づく巨乳をはみ出させた。

そしてパンストとショーツを脱ぎ去るとベッドに上がり、

「今日は上になって」

貴美江が言って仰向けになった。年中女上位なので、たまには受け身になりたいのだろう。

竜児は身を起こし、やはりまずは貴美江の足裏を舐め、ムレムレになった指の股に鼻を割り込ませて嗅いだ。

「あう、そんなところから、汚いのに……」

貴美江は保健の先生らしく言ったが、拒むことはなく身を投げ出してくれていた。

彼は爪先にしゃぶり付き、両足とも全ての指の股を味わい、汗と脂の湿り気を貪り尽くした。

そして股を開かせ、白く肉づきの良い脚の内側を舐め上げていった。

ムッチリと量感ある内腿をたどり、熱気の籠もる股間に迫った。

まだ割れ目の外側は濡れていないが、指で陰唇を広げると中はヌメヌメと熱い蜜に潤っていた。

茂みに鼻を埋め込むと、ふっくらと生ぬるく蒸れた匂いが鼻腔を満たし、彼は酔いしれながら舌を這わせていった。

かつて美穂が生まれてきた膣口をクチュクチュ搔き回し、柔肉をたどってゆっくりクリトリスまで舐め上げていくと、

「アアッ……、いい気持ち……」

貴美江が身を弓なりに反らせて喘ぎ、内腿でキュッときつく彼の両頬を挟み付けてきた。竜児も匂いで胸を満たしながら執拗にクリトリスを舐め回しては、次第に大洪水になっていく愛液をすすった。

味と匂いを堪能すると、彼は貴美江の両脚を浮かせ、豊満な逆ハート型の尻に迫った。そして谷間の奥にひっそり閉じられた蕾に鼻を埋め、蒸れた匂いを嗅いでから舌を這わせた。

「あう……！」

ヌルッと潜り込ませると、彼女が呻き、モグモグと肛門で舌先を締め付けた。

竜児は舌を出し入れさせるように動かして滑らかな粘膜を味わい、やがて脚を下ろして再びクリトリスに吸い付いた。

「アア……、い、入れて……」

貴美江がクネクネと身悶えてせがんできたので、彼は身を起こして前進し、巨乳に跨がった。

「入れる前に舐めて濡らして」

言いながら巨乳の谷間にペニスを置き、両側から手で挟んで揉むと、貴美江も顔を上げて舌を伸ばし、チロチロと先端を舐め回してくれた。

彼は人肌の柔らかなパイズリを充分に味わい、さらに先端を彼女の口に押し込んでいった。

「ンン……」

貴美江が熱く呻き、鼻息で恥毛をくすぐりながら吸い付いた。

そして口を離すと、真下から陰嚢をしゃぶり、唾液にまみれさせてから再び根元まで呑み込んでくれた。

「ああ……」

竜児は深々と押し込んで喘ぎ、彼女も顔を上下させ、スポスポと強烈な摩擦を繰り返してくれた。やがて肉棒全体が温かな唾液にまみれ、竜児も充分に高まると腰を上げ、貴美江の股間へと戻った。

そして彼は正常位で股間を進め、先端を割れ目に押し付けると感触を味わいながらゆっくり膣口に挿入していった。

ヌルヌルッと根元まで嵌まり込むと、心地よい肉襞の摩擦と温もり、大量の潤いと締め付けが彼自身を心地よく包み込んだ。

「アア……、いいわ、すごく感じる……」

貴美江が顔を仰け反らせて喘ぎ、両手を伸ばして彼を抱き寄せてきた。

竜児も脚を伸ばして身を重ね、屈み込んで乳首に吸い付き、顔で柔らかな巨乳を味わいながら舌で転がした。

左右の乳首を味わってから乱れた白衣とブラウスに潜り込み、淡い腋毛のある腋の下に鼻を埋め込み、濃厚に甘ったるい汗の匂いで胸を満たした。

そして上からピッタリと唇を重ね、舌を差し入れて滑らかな歯並びを左右にたどった。すぐ彼女も歯を開き、チロチロと舌をからめてくれると、生温かな唾液が混じり合った。

「ンンッ……」

貴美江は呻きながら、ズンズンと股間を突き上げはじめた。

竜児も合わせて腰を突き動かし、何とも心地よい摩擦に高まった。

「ああ……、いきそうよ、もっと突いて……!」

貴美江が唾液の糸を引いて口を離し、仰け反りながら口走った。

彼も、白衣美女の濃厚な白粉臭の吐息を嗅ぎながら、いつしか股間をぶつけるように激しい律動を開始した。

クチュクチュと湿った摩擦音が聞こえ、それにヒタヒタと肌のぶつかる音が混じった。そして二人分の体重にベッドがギシギシと悲鳴を上げ、膣内の収縮と潤いが最高潮になった。

「い、いきそう……」

「いいわ、思い切りいきなさい……」

彼が弱音を吐くと、貴美江も股間を突き上げながら答えた。

リズミカルな摩擦の中、彼は快感と貴美江の息の匂いに高まり、あっという間に昇り詰めてしまった。

「く……、気持ちいい……」

快感に呻きながら、ありったけの熱いザーメンをドクンドクンと勢いよく注入すると、たちまち噴出を受けた貴美江もブリッジするように狂おしく反り返ってガクガクと痙攣した。

「い、いく……、アアーッ……！」

貴美江が熱く喘ぎ、キュッキュッと味わうように膣内を締め付け続けた。

彼の全身までバウンドし、まるで暴れ馬にしがみつく思いで、振り落とされて抜けないよう懸命に動きを合わせた。

そして竜児は心ゆくまで快感を嚙み締め、最後の一滴まで出し尽くしていったのだった。

「ああ……」

彼は満足して声を洩らし、徐々に動きを弱めると、遠慮なく力を抜いて熟れ肌に体重を預けた。

「どんどん上手になるわね……」

貴美江も満足げに言い、息を弾ませながらグッタリと身を投げ出していった。

まだ収縮する膣内でヒクヒクと幹を過敏に震わせると、

「ああ、動いてるわ……」

貴美江が味わうように締め付けながら言い、彼は悩ましい吐息の匂いで鼻腔を満たしながら、うっとりと余韻を味わった。

重なったまま忙しげな息遣いを混じらせていると、やがて仰向けのまま貴美江がポケットティッシュを出した。そして股間に押し当てると、

「いいわ、寝て」

彼女に言われ、竜児はペニスを引き抜いてゴロリと仰向けになった。

貴美江は割れ目を拭きながらベッドを降り、手早く身繕いをしてから、彼の股間に屈み込んできた。

拭いてくれるのかと思ったら、貴美江は愛液とザーメンに濡れた亀頭にしゃぶり付いてくれたのだ。

「あう……」

唐突な刺激に呻いたが、貴美江は念入りにおしゃぶりをし、全てのヌメリをすすって綺麗にしてくれた。

すると無反応期を過ぎたペニスが、舌と吸引でムクムクと回復してきた。

やはり彼は、仰向けの受け身体勢が好きで、それで否応なく反応してしまったのだろう。

貴美江も、まだ淫気がくすぶっているようで、彼が口の中で勃起しているのを嬉し

そうにしゃぶり続けた。

「ああ、またいきそう……」

「飲ませて……」

彼が降参すると、貴美江が口を離し、再びしゃぶり付いてきた。

もう膣では充分に果てたので、あとは若いエキスが欲しいのかも知れない。

スポスポと摩擦され、竜児も急激に高まっていった。

まるで全身が縮小し、美熟女のかぐわしい口に含まれているようだ。

「い、いく……、気持ちいい……」

とうとう絶頂に達し、彼は口走りながら、熱いザーメンをドクンドクンと勢いよく噴出させてしまった。

「ク……、ンン……」

喉の奥を直撃された貴美江が小さく呻き、それでも舌の蠢きと吸引、摩擦運動は続行してくれた。

「ああ……」

竜児は心置きなく最後の一滴まで、白衣美人の口の中に出し尽くし、声を洩らして
グッタリと力を抜いた。すると彼女も愛撫を止め、亀頭を含んだまま口に溜まったザ

ーメンをゴクリと一息に飲み込んでくれた。

「あう……」

喉が鳴ると同時にキュッと締まる口腔に刺激され、彼は駄目押しの快感に呻いた。

ようやく貴美江もスポンと口を離し、なおも手のひらで幹をしごき、尿道口から滲む余りの雫まで丁寧に舐め取ってくれた。

「く……、も、もういいです、ありがとうございました……」

竜児は腰をくねらせながら言い、立て続けの射精にグッタリと身を投げ出した。

貴美江も舌を引っ込めて身を起こし、チロリと淫らに舌なめずりしながら、

「二回目なのにすごく多いわ。それに濃くて栄養がありそう」

熱っぽい眼差しで囁かれると、また彼は回復しそうになってしまった。

もちろん今日は充分なので、呼吸を整えると竜児は身を起こし、ベッドを降りて身繕いをした。

「美穂のことは好きなの？」

やがて一緒にベッドルームを出ながら、貴美江が訊いてきた。

「え、ええ、好きだけど、まだ普通の友だちなので」

竜児は答えたが、特に貴美江も彼と美穂の仲を疑っている様子ではないから、単に

訊いただけだろう。

だから貴美江は美穂が処女でなくなったことには気づいておらず、美穂の方も母親の前ではごく普通に振る舞っているに違いない。

そこは可憐な美少女でも、竜児などよりはずっと強かなのかも知れない。

貴美江も、それ以上追究するつもりはないようだった。

「じゃ僕帰りますね」

「ええ、テスト勉強もするのよ」

言うと貴美江が答え、やがて竜児は一礼して保健室を出ると、そのまま真っ直ぐ帰宅したのだった。

第六章　目眩く日々は夢の夢

1

「勉強は進んでる？」

文芸部の部室に行くと、来ていた美佐子が竜児に言った。彼女も淫気が高まると、彼が来そうな頃合が分かるのかも知れない。

「ええ、何とかやってます」

「こないだは私の家で、二人を相手に頑張ったわね」

すぐに美佐子は淫らな方に話題を振ってきた。

「ええ、すごかったし夢のようだったけど、やはり複数は明るすぎる雰囲気なので、

「一対一の方が燃える気がしますね」

「そうね、私もそう思うわ」

美佐子は言いながら、エアーマットを床に敷いた。これで竜児が百合子としていることなど夢にも知らないだろう。

そして彼女が下着を脱ぎ去ったので、竜児も学生服を脱いだ。

「今日はあまり時間がないの」

美佐子が言う。どうやら今日も何か習いごとに行く日なのだろう。

短い時間でも、美佐子に触れて射精できるなら文句はない。何といっても彼女は、竜児にとって最初の女性だから思い入れも深いのだ。

彼がズボンと下着まで脱いでマットに横たわると、

「こうして」

美佐子が言って反対向きに添い寝してきた。そして亀頭にしゃぶり付くと、裾をめくって彼の顔に股間を押しつけた。

やがて互いの内腿を枕にした、シックスナインの体勢になった。

竜児も彼女の股間に鼻を埋め、茂みに籠もる悩ましい匂いを貪りながら、割れ目に舌を這わせていった。濡れはじめた膣口を探り、チロチロとクリトリスを弾くように

舐めると、

「ンンッ……！」

美佐子は熱く呻き、反射的にチュッと強く亀頭に吸い付いた。

最初から、互いの最も感じる部分を舐め合い、彼は美佐子の鼻息で陰嚢をくすぐられながら最大限に勃起していった。

クリトリスを舐めては溢れる蜜をすすり、充分に蒸れた汗とオシッコの匂いに酔いしれてから、さらに伸び上がるようにして彼は美佐子の尻の谷間に鼻を埋め込んで嗅いだ。

ほのかなビネガー臭を嗅いでから蕾に舌を這わせ、ヌルッと潜り込ませると、

「ク……」

美佐子がペニスを含んだまま呻き、キュッと肛門で舌先を締め付けた。

そして彼女は出し入れするようにスポスポと濡れた口で幹を摩擦し、充分に生温かな唾液にまみれさせた。

「いい？　入れるわ……」

やがて口を離すと美佐子が言い、身を起こしてきた。彼が仰向けになると股間に跨がり、裾をめくりながら先端に割れ目を押し当てた。

美佐子がゆっくり座り込むと、彼自身はヌルヌルッと滑らかに根元まで呑み込まれていった。

「アア……、いい気持ち……」

股間を密着させた美佐子が顔を仰け反らせて喘ぎ、すぐにも身を重ね、上からピッタリと唇を重ねてきた。

本当に急いでいるらしく、今日はオッパイへの愛撫は省略らしい。

ブラを緩めるのが面倒なのだろうが、逆に上半身がきっちりとセーラー服に覆われているので、いかにも時間の合間に女子高生と交わっているようで興奮が増した。

竜児も舌をからめながら両膝を立て、美佐子の尻を支えると、すぐにも彼女が腰を動かしはじめた。

彼もズンズンと股間を突き上げ、何とも心地よい摩擦と締め付けに包まれながら高まっていった。

美佐子は、彼が好むのを知っているので、口移しにトロトロと生温かな唾液を注いでくれた。竜児も小泡の多い美少女のシロップをうっとりと味わい、喉を潤して甘美な悦びで胸を満たした。

「アア、いきそうよ……」

美佐子が口を離して喘ぎ、竜児は鼻を押し込んで熱い吐息を嗅いだ。

いつもの甘酸っぱいリンゴ臭に、昼食の名残か淡いガーリック臭も混じって悩ましく鼻腔が刺激された。

「今日は匂うでしょう、ごめんね」

美佐子も分かっているらしく、熱く囁きながら動きを強めた。

「ううん、匂いが濃くて嬉しい」

「変な子ね……」

美佐子は呆れたように言いながらも、ことさらに熱く湿り気ある息を吐きかけてくれた。膣内の幹がヒクヒクと歓喜に震えているので、彼女も本当に彼が嫌ではないと察したのだろう。

竜児も、美少女の刺激臭にギャップ萌えをし、突き上げを強めていった。やはり歯磨きのハッカ臭や、当時流行った口中清涼剤ピオの人工臭などより、いくら濃くても自然のままの匂いが一番良かった。

やがて愛液が大量に漏れ、収縮が活発になってきた。

「い、いくわ……、アアーッ……！」

たちまち美佐子が声を上げ、ガクガクと狂おしい痙攣を開始した。

同時に竜児も彼女のオルガスムスの渦に巻き込まれ、大きな絶頂の快感に全身を貫かれてしまった。

「く……！」

短く呻きながら、ドクンドクンとありったけの熱いザーメンをほとばしらせると、

「あう、気持ちいいわ、もっと……」

噴出を感じた美佐子が呻き、キュッキュッときつく締め上げてきた。

竜児は快感を嚙み締めながら最後の一滴まで出し尽くし、満足して動きを止めていった。

「ああ……」

美佐子も声を洩らし、グッタリともたれかかってきた。

彼は息づく膣内でヒクヒクと過敏に幹を震わせ、かぐわしく濃厚な美少女の吐息を嗅いでうっとりと余韻を味わった。

重なったまま呼吸を整えると、ノロノロと美佐子が身を起こしたので、彼も制服に手を伸ばしてポケットティッシュを出して渡した。

「慌ただしくてごめんね。でも、いけて良かったわ……」

美佐子が言い、割れ目にティッシュを当てながら股間を引き離した。

竜児も一枚手にし、仰向けのままペニスを拭いた。

やがて美佐子が立ち上がって下着を着け、竜児も身を起こして身繕いをした。

確かに慌ただしかったが、充分な快感が得られた。

「じゃ勉強頑張ってね」

「ええ、また」

髪を直した美佐子が言い、竜児が答えると彼女は先に部室を出ていった。

残った彼は大きく伸びをして深呼吸し、マットを壁に立てかけて二人分のティッシュをクズ籠に捨てた。

まず、クズ籠のティッシュに愛液やザーメンが沁み込んでいるなど、百合子は気づかないだろう。

そして帰宅すると、竜児は一応テストに備えて教科書を開いた。

まあ五十年前に一度受けたテストだし、記憶力は抜群なので、まずひどいことにはならず大丈夫だろう。

やがて彼は、夜に両親が帰ってくるまで、何とかテスト勉強をしたのだった。

2

「今日うちへ来ない？　夕方まで一人なので」

翌日の昼、学食で昼食を終えると竜児は美穂に言った。いよいよ明日からテストだが、美穂は彼より優秀だったので問題は無いだろう。

「ええ、行くわ。辰宮君のお部屋を見てみたいし」

美穂もすぐに答え、やがて一緒に下校した。

バスを降り、家まで帰って鍵を開け、竜児は美穂を招き入れた。女の子が家に入ったのは、後年の婚約時代を除けば初めてのことである。

「じゃ、ちょっと待っててね」

学生服を脱ぎながら彼は美穂を自室に入れて言い、自分は脱衣所に行って手早く全裸になった。

そしてガスを点火してシャワーを出し、急いで歯磨きしながら股間を洗い流した。

勃起を堪えて放尿まですませて綺麗さっぱりすると、身体を拭いた竜児は服を持ったまま全裸で部屋に戻った。

「じゃ、下着とソックスだけ脱いでね」

本棚を見ていた美穂に言うと、彼は服を置いて全裸でベッドに仰向けになった。

「自分だけシャワーを浴びたの？」

美穂は詰るように言いながらも、素直に裾をめくって下着を脱ぎ去り、ソックスも脱いでくれた。

「ブラも外してからまた制服を着て」

言うと美穂も素直にスカーフを解いてセーラー服を脱ぎ、ブラを外してから再び着てくれた。

やはり彼の心は初老なので、瑞々しい制服姿に激しくそそられるのだ。

「じゃ、ここに座ってね」

やがて美穂がベッドに上ってくると、彼はピンピンに勃起しながら仰向けになり、自分の下腹を指して言った。

「ここに座るの……？」

美穂は言い、それでも恐る恐る彼に跨がり、しゃがみ込んで下腹に割れ目を密着させてきた。

「両足を伸ばして、顔に乗せてね」

さらに竜児は言い、両膝を立てて美穂を寄りかからせると、足首を摑んで顔の方に引っ張った。

「あん……」

美穂が言い、バランスを崩しそうになるたび、湿りはじめた割れ目が下腹に擦り付けられた。そして顔に美穂の両足の裏を受け止めると、彼は美少女の全体重を受け、人間椅子になった気分に浸った。

「お、重いでしょう……？」

「ううん、大丈夫」

美穂が居心地悪そうにしながら、彼の顔と下腹に重みをかけた。

竜児は両の足裏を舐め、縮こまった指の間に鼻を押し付けてムレムレの匂いを貪った。そして爪先にしゃぶり付き、舌を割り込ませて指の股に籠もる汗と脂の湿り気を味わった。

「あう、変な感じ……」

美穂が呻き、くすぐったそうに身をよじるたび、密着した割れ目が潤いはじめる様子が下腹に伝わってきた。急角度に勃起したペニスが上下するたび、スカートの中で彼女の腰をトントンとノックした。

やがて両足とも味と匂いを貪り尽くすと、

「前に来て、顔にしゃがんで」

彼は美穂の両足を顔の左右に置いて言った。美穂も腰を浮かせ、そろそろと前進して彼の顔にしゃがみ込んでくれた。M字になった脚がムッチリと張りつめ、ぷっくりした割れ目が鼻先に迫った。

「アア、恥ずかしいわ……」

美穂が喘ぎ、両手でベッドの柵に摑まったので、まるでオマルにでも跨がった感じである。

竜児は下から彼女の腰を支え、丘の若草に鼻を擦りつけて嗅いだ。

今日も蒸れた汗とオシッコの匂い、それに淡いチーズ臭が悩ましく鼻腔を搔き回して、うっとりと胸に沁み込んできた。

割れ目に舌を挿し入れ、快感を覚えはじめた膣口の襞をクチュクチュ搔き回し、ヌメリをすすりながらクリトリスまで舐め上げていくと、

「アアッ……！」

美穂が熱く喘ぎ、思わずキュッと股間を押しつけてきた。

竜児は味と匂いを堪能しながら手をセーラー服の裾から潜り込ませ、ノーブラの乳

房を揉み、指の腹でクリクリと乳首をいじった。

「ああ、いい気持ち……」

美穂が腰をくねらせて喘ぎ、清らかな愛液が量を増していった。

さらに彼は手を戻し、美少女の尻の真下に顔を潜り込ませていった。

顔に弾力ある双丘を受け止め、谷間にひっそり閉じられたピンクの蕾に鼻を埋めて嗅ぐと、やはり蒸れて秘めやかな匂いが鼻腔を刺激した。

胸を満たしてから舌を這わせ、細かに収縮する襞を濡らして、ヌルッと潜り込ませていった。

「あう……」

美穂が呻き、キュッと肛門で舌先を締め付けてきた。

彼が舌で滑らかな粘膜を探ると、割れ目から溢れた蜜がツツーッと糸を引き、鼻先を生ぬるく濡らしてきた。

やがて前も後ろも存分に味わうと、

「も、もうダメ……」

舌の刺激だけで果てそうになったか、美穂が言って懸命に腰を浮かせた。

そして竜児の股間に移動してきたので、彼も両脚を浮かせ、自分で谷間を広げて尻を突き出した。

自分はシャワーで洗ったばかりだから良いのである。

美穂もすぐに屈み込み、チロチロと舌を這わせて肛門を舐めてくれた。そして自分がされたようにヌルッと潜り込ませると、

「あう、気持ちいい……」

竜児は快感に呻き、モグモグと肛門を締め付けて美少女の舌先を味わった。

内部で舌が蠢くたび、勃起した幹がヒクついて粘液が滲んだ。

やがて脚を下ろすと、美穂も自然に鼻先の陰嚢にしゃぶり付いた。睾丸を舌で転がし、充分に袋を舐め回すと、前進して肉棒の裏側を舐め上げてきた。

先端まで来ると、美穂は粘液の滲む尿道口を滑らかに舐め、小さな口を精一杯開いてスッポリと呑み込んでいった。

「ああ……」

竜児は快感に喘ぎ、美少女の生温かな唾液にまみれた幹を震わせた。

彼女も幹を丸く締め付けて吸い、熱い鼻息で恥毛をくすぐりながら、口の中ではクチュクチュと満遍なく舌をからませてくれた。

ズンズンと股間を突き上げると、

「ンン……」

美穂が小さく呻き、さらにたっぷりと唾液を出しながら自分も顔を上下させた。濡れた唇がスポスポとカリ首を摩擦し、股間を見るとセーラー服の美少女が無心におしゃぶりし、笑窪を浮かべて吸い付いている。

たちまち高まった竜児は彼女の手を引き、

「上から跨いで入れて」

言うと彼女もチュパッと口を離して顔を上げ、前進して股間に跨がってきた。

濡れた割れ目を先端に当てて擦り、息を詰めて腰を沈め、ゆっくり彼自身を膣口に受け入れていった。

たちまちペニスはヌルヌルッと滑らかに、肉襞の摩擦と温もりを受けながら根元まで納まっていった。

「アア……」

美穂が顔を上向けて喘ぎ、彼も快感を味わいながら両手で抱き寄せ、膝を立てて尻を支えた。彼女は身を重ねると、竜児はセーラー服の裾をめくり、張りのある乳房に顔を埋め込んだ。

桜色の乳首にチュッと吸い付き、思春期の膨らみを顔全体で感じながら念入りに舌で転がした。

「ああ、いい気持ち……」

美穂は喘ぎ、乳首を愛撫されて感じるたび、膣内がキュッキュッと締まって潤いが増していった。竜児も左右の乳首を含んで充分に舐め、乱れたセーラー服に潜り込んで腋の下に鼻を埋め込んでいった。

今日も美少女の腋の下は生ぬるくジットリと湿り、甘ったるい汗の匂いが濃く籠もって鼻腔を満たしてきた。

乳首と腋を充分に愛撫すると、彼は美穂の顔を引き寄せ、下からピッタリと唇を重ね、グミ感覚の弾力と唾液の湿り気を味わった。

舌を挿し入れて歯並びを舐め、引き締まった歯茎も探ると、彼女も歯を開いてネットリと舌をからませてくれた。

生温かな唾液に濡れて滑らかに蠢く舌を貪りながら、彼がズンズンと股間を突き上げはじめると、

「ンンッ……」

美穂が熱く鼻を鳴らし、息で彼の鼻腔を湿らせた。

徐々に勢いを付けて突き上げると、次第に彼女も合わせて腰を遣い、溢れる愛液で

たちまち律動が滑らかになっていった。

「アア……、感じるわ……」

美穂が口を離して喘いだ。やはり彼女も、一対一だから3Pとは高まりが違い膣内の収縮が活発になっていった。

竜児は美少女の吐き出す息を嗅ぎ、甘酸っぱい桃の匂いに酔いしれながら突き上げを強めていった。クチュクチュと湿った摩擦音が響き、溢れた蜜で互いの股間がビショビショになった。

もう堪らず、竜児は果実臭の吐息と摩擦の中で、激しく昇り詰めてしまった。

「い、いく、気持ちいい……！」

大きな絶頂の快感に口走りながら、熱い大量のザーメンをドクンドクンと勢いよくほとばしらせると、

「あ、熱いわ……、アアーッ……！」

噴出を感じた美穂も声を上ずらせ、ガクガクと狂おしい痙攣を開始したのだった。

どうやら、本格的に膣感覚でのオルガスムスが得られたようだ。

竜児は、一人の処女を一人前にさせたという誇らしさと快感を嚙み締め、心置きなく最後の一滴まで出し尽くしていった。

やがて竜児は深い満足の中で突き上げを弱めていくと、

「ああ……、すごく気持ち良かった……」

美穂も強ばりを解いて言い、グッタリと力を抜いてもたれかかってきた。

「ちゃんといけるようになったんだね」

「ええ、美佐子さんも、こんなに気持ち良い思いをしていたのね……」

美穂が答え、彼自身はまだ息づく膣内でヒクヒクと震えていた。

そして竜児は、美少女の吐き出す濃厚な果実臭の息を胸いっぱいに嗅ぎながら、うっとりと快感の余韻に浸り込んでいったのだった。

3

「じゃ、立ってオシッコ出してね」

バスルームで、互いにシャワーを浴びると竜児は床に座り、美穂に言った。

彼女も羞じらいながら彼の前に立ち、片方の足を浮かせてバスタブのふちに乗せ、股間を突き出してくれた。

開いた割れ目に鼻と口を埋め、すっかり薄れた匂いを嗅ぎながら舌を這わせると、すぐにも新たな蜜が溢れてきた。

「アア、すぐ出そう……」

美穂は、まだ初のオルガスムスの余韻に朦朧とし、息を弾ませて言った。

たちまち割れ目内部の柔肉が妖しく蠢き、熱い流れがチョロチョロとほとばしってきた。

竜児は口に受けて味わい、うっとりと喉を潤しながらムクムクと回復していった。

「ああ……」

ゆるゆると放尿しながら美穂が喘ぎ、ガクガクと膝を震わせて勢いを増した。

溢れた分を肌に浴びながら彼は淡い匂いに酔いしれ、やがて流れが治まると余りの雫まで貪欲にすすった。

「も、もうダメ……」

美穂が言い、足を下ろして椅子に座り込んだので、もう一度シャワーを浴び、身体を拭くと二人はベッドに戻った。

もちろんもう一回射精しないと治まらないが、美穂は一度目で充分に満足したので挿入は控えたいようだ。

「じゃいきそうになるまで指でしてね」

竜児は言って美穂を添い寝させ、腕枕してもらい強ばりを指で愛撫してもらった。

そして唇を重ねて舌をからめると、美穂もチロチロと舌を動かしながら、ニギニギと幹を揉んでくれた。

美少女の手のひらの中で最大限に膨張すると、

「唾を垂らして、いっぱい……」

竜児はせがみ、彼女の手の中でヒクヒクと幹を震わせた。

美穂も愛らしい唇をすぼめて迫り、トロトロと白っぽく小泡の多い唾液を吐き出してくれた。

彼は舌に受けて味わい、生温かな粘液でうっとりと喉を潤した。

たまに指の動きが止まるので、せがむように幹をヒクつかせると、すぐ彼女も愛撫を再開してくれた。

竜児は美少女の開いた口に鼻を押し込み、甘酸っぱい吐息を胸いっぱいに嗅いだ。

「いい匂い、もっと強くハーして」

言うと美穂は羞じらいながらも、強く吐きかけて好きなだけ嗅がせてくれた。

「い、いきそう、お口でして……」

すっかり高まった彼が言うと、美穂も幹から手を離して顔を股間に移動させた。

美穂は張りつめた亀頭を含むと、竜児は彼女の下半身を引き寄せ、上から跨がせて女上位のシックスナインの体勢を取らせた。

下から腰を抱え、潜り込むようにして割れ目を舐めると、

「ンンッ……」

彼女がビクリと尻を震わせて呻き、反射的にチュッと強く吸い付いてきた。

小粒のクリトリスを舐め回すと、彼の目の上にあるピンクの肛門がキュッキュッと可憐に収縮した。

すると美穂がチュパッと口を離し、

「ダメ、集中できないわ……」

尻をくねらせて言った。

「分かった。じゃ見るだけにするね」

彼が答えると、美穂は局部への視線を意識したように羞じらい、再びスッポリと含んでくれた。

竜児は可愛い割れ目と肛門を見上げながら、ズンズンと股間を突き上げた。

すると美穂も熱い鼻息で陰嚢をくすぐりながら、顔を上下させてスポスポとリズミカルな摩擦を開始した。

たちまち竜児は絶頂を迫らせ、彼女の腰にしがみつきながら昇り詰めてしまった。

「い、いく、気持ちいい……！」

股間を突き上げながら快感に口走り、ありったけの熱いザーメンをドクンドクンと勢いよくほとばしらせ、美少女の喉の奥を直撃した。

「ク……、ンン……」

噴出を受けて彼女は小さく呻き、それでも出しきるまで摩擦と吸引、舌の蠢きを続けてくれた。彼も快感に身悶えながら、心置きなく最後の一滴まで出し尽くしたのだった。

「アア……」

満足して声を洩らし、グッタリと身を投げ出すと美穂も動きを止め、亀頭を含んだまま口に溜まったザーメンをコクンと一息に飲み干してくれた。

「ああ、嬉しい……」

竜児は喘ぎ、嚥下で締まる口腔の刺激にピクンと幹を震わせた。

ようやく美穂も口を離し、なおも余りの雫の滲む尿道口をチロチロと念入りに舐め回してくれたのだった。

「あう、もういいよ、ありがとう……」

竜児は言い、彼女を再び添い寝させた。そしてまた腕枕してもらい、胸に抱かれながらうっとりと余韻を味わった。

美穂の吐息を嗅ぐと、ザーメンの生臭さはなく、さっきと同じ甘酸っぱい芳香がしていた。

やがて呼吸を整えて身を離すと、美穂も起き上がって身繕いをした。

竜児もベッドを降りて私服に着替えると、

「じゃ、私帰るわね」

美穂が言ってカバンを持った。

「うん、じゃまた明日教室で」

彼も言い、玄関まで見送った。そして美穂が帰っていくと、彼は再びドアを閉めてロックし、和室を通過して自室に戻ろうとした。

すると、そのとき竜児は軽い目眩を起こし、体のバランスを崩したのだった。

4

「い、いててて……、膝が痛い、腰も痛い、体が重い……」

竜児は、空の駐車場に四つん這いになって呻いた。

周囲には、何通かのスポーツ新聞が散らばっているが、幸い近所の人には見られなかったようだ。

（え……、ここは……？）

竜児は驚いて周囲を見回した。

和室のドアが開き、中には多くの雑誌や新聞が束ねられている。そう、彼は断捨離の途中だったことを思い出した。

自分の頭に触れると頭髪が後退し、下腹も出ていた。

（れ、令和に戻っちゃったのか……）

竜児は立ち上がり、手と膝の汚れを払った。

そう、ここはかつて高校時代の自室のあった場所で、後に取り壊して駐車場にしたのだった。

彼は縁側の高さから落ちただけなので、軽い打撲だけですんだようだ。

散らばったスポーツ新聞を中に入れ、何とか和室によじ登り、長く封印されていた駐車場側のドアを閉めて竜児は畳に座り込んだ。

（夢だったのか？　いや……）

彼は記憶をたどってみた。確かに、一度目と今回の高校時代と、二種類の記憶があるではないか。では夢ではなく、過去に戻って美佐子や百合子、貴美江や美穂の母娘としたことは事実らしい。

それでも、大学に入る頃には美佐子や美穂にも彼氏が出来、関係は自然に疎遠になってしまい、竜児は同じ会社に就職して妻と職場結婚、そして同じ二人の子が出来たようだった。

結局、高校時代に良い思いをしただけで大きく未来が変わることはなく、彼は一度目と同じ人生を歩んできたのだろう。

隅にあったアルバムを見ても、特に変わりはない。そういえば当時、美佐子や美穂の写真などは一枚も撮らなかったのだ。

そしてハガキファイルを開いてみると、最近まで美佐子や美穂とは年賀状の交換をしていたらしく、それで今のが夢ではないと実感した。

年代順にハガキを見てみると、彼女たちのその後の様子が分かった。

教師の百合子はその後結婚して地方へ引っ越し、美穂は婿養子を取って子を成したらしい。美佐子も結婚したが子はなく、のち離婚して今は一人のようだった。

（あれから五十年か……）

竜児は思った。

貴美江は今八十九歳、美穂は彼と同じだから六十七歳、美佐子はその一つ上、百合子は七十九だから、もう悠々自適だろう。

と、その時である。座卓に置かれていたスマホが鳴った。

電話なので出て見ると、女性の声が聞こえてきた。

「あ、辰宮竜児さんでしょうか」

「ええ、そうですが」

「私は、吉行明日香《あすか》と申します。美穂の娘です」

「うわ、そうですか……」

彼は答えたが、驚きのあまり頭がついていかなかった。

「実は祖母の貴美江が、譫言《うわごと》で竜児さんの名前ばかり呼んでいます。昏睡状態なのですが、いよいよ危ないので、一度会いに来て頂けないでしょうか」

美穂の娘、明日香が歯切れよく言う。

「分かりました。僕はいつでも大丈夫なので」

「では、今からでも構いませんか。私が車でお迎えに参りますので」

「構いません。場所はお分かりですか」

「はい、母に来たハガキを見せてもらい、住所は存じております。では十五分ほどで伺いますので」

　そう言い、明日香は電話を切った。

　急に忙しくなり、頭の整理はあととして、竜児は歯磨きをしてトイレに行き、外出着に着替えた。

　そして各部屋を戸締まりし、スマホと財布を持って十五分後に玄関を出ると、施錠して明日香の車を待った。

　すると間もなく白い軽自動車が来て、家の前に停まったので竜児も助手席に乗り込んだ。

「初めまして、吉行明日香です。突然すみません」

　彼女が、運転席から笑みを浮かべて言った。

　明日香は三十代半ばか、何やら当時の貴美江と美穂を合わせたような美形である。セミロングの髪で、しかも巨乳。貴美江の熟れ具合と美穂の可憐さの両方を持っているような感じだった。

「辰宮竜児です。ご連絡嬉しいです。ちょうど片付けしながら、当時のことをあれこれ思い出していたところなので」

彼はシートベルトを締めて言い、明日香の方から生ぬるく漂う、甘ったるい濃厚な匂いを感じた。

明日香はすぐスタートし、住宅街を抜けて大通りへ出ると真っ直ぐ貴美江のいる病院に向かった。

「美穂さんは？」

「母はいま旅行中なんです。福田美佐子さんと一緒に」

訊くと、明日香がハンドルを繰りながら答えた。どうやら美穂と美佐子は今も交友が続いているようだ。

旅行中と聞いて、少し竜児は安心した。ついさっき美穂を相手に射精したばかりなのに、いきなり六十七歳になった美穂に会うのは恐い気がしたのだ。

いろいろ話すと、吉行家は女系らしく、美穂は養子を取り、一人娘の明日香も夫は養子で、今は二児の母だという。

やがて病院に着くと彼女は車を駐車場に入れ、二人で建物に入っていった。

六階まで上がり病室に入ると、そこは個室でベッドに老婆が昏睡し、そこに医者もいた。

「昏睡は覚めませんが、今は小康状態で落ち着いています。では」

そう医者は言い、病室を出ていった。

竜児は、昏睡している貴美江を見下ろした。白髪だが穏やかな寝顔で、気品と美しさはそのままだが、さすがに巨乳の面影はない。

「貴美江先生……」

竜児はそっと貴美江の手を握って呼びかけたが、彼女の反応はなかった。

「今日は譫言は言ってないようですね。私が来るたび、辰宮君、って言っていたんですよ」

「そうですか……」

明日香の言葉に彼は答えた。

もちろん明日香は、彼が自分の母親や祖母と深い仲だったことなど夢にも思っていないだろう。

やがて明日香は貴美江の髪や布団を調えたりしていたが、全く昏睡したままなので二人は引き上げることにした。

「じゃ、また家までお送りしますので」

明日香が言い、二人は車に乗り込んで駐車場を出た。

「良ければお茶でも」

「はい、私も母や祖母のお話をいろいろ伺いたいです」

家の前に着いて言うと、明日香が答えたので、竜児は久々に駐車場の鉄柵を開き、元は彼の部屋があった場所に車を入れてもらった。

家に入ると彼は上着を脱ぎ、リビングで茶を入れ、明日香とソファーに差し向かいに座った。

「う……！」

するといきなり明日香が呻き、胸を押さえてうずくまったのだ。

「うわ、大丈夫ですか……」

驚いた竜児が回り込んで迫ると、さらに甘ったるい匂いが濃厚に漂った。

「す、すみません、すぐ治まりますので……」

明日香は脂汗を滲ませて言い、ブラウスのボタンを外したのだ。さらにブラのフロントホックも外すと、貴美江に負けないほどの巨乳が露わになった。

色づいた乳首には、ポツンと白濁の雫が浮かんでいるではないか。

(ぼ、母乳……)

そういえばブラの内側には乳漏れパッドらしきものが当てられているので、彼女に会って最初から感じていた甘ったるい匂いは、母乳の匂いだったようだ。

どうやら乳が張って苦しいらしい。

「あ、あの、吸い出したら楽になるでしょう。僕も女房で経験があるので」

そんな経験はないが、彼が言うと明日香も拒まず、むしろありがたく感じてくれたようだった。

「ではこっちへ」

竜児は明日香を支えて立たせ、奥の寝室に招き入れた。駐車場が出来てからは、この六畳の洋間を自室にしていたのだ。

そして彼女をベッドに横たえ、ブラウスの裾も完全にスカートのウエストから抜き出して寛げ、竜児は添い寝して腕枕してもらう形になった。

チュッと乳首に吸い付くと、間近に迫る巨乳は透けるように色白で、実際うっすらと薄紫の静脈が色っぽく透けていた。

舌で雫を舐め取り、強く吸ったがなかなか母乳が出てこない。

あれこれ試すうち、唇で強く乳首の芯を挟み付けて吸うと、ようやく生ぬるく薄甘い母乳が彼の舌を艶めかしく濡らしてきた。

「アア……」

明日香が熱く喘ぎ、彼の顔をきつく胸に抱いた。

あとで聞くと、二人目の赤ん坊が生まれたばかりで、今日は近くにある夫の実家に預けているようだ。

出産して間もないのなら、恐らく夫との性交渉は間遠くなっているのではないだろうか。そんなことを思うと六十七歳でも、彼自身はムクムクと痛いほど突っ張ってきてしまった。

吸い出す要領を得ると、あとはどんどん出てきたので彼はうっとりと味わい、喉を潤すと甘ったるい匂いとともに甘美な悦びが胸に広がっていった。

「ああ……、飲んでいるんですか。ティッシュに吐き出して下さい……」

明日香が息を弾ませて言い、それでも彼が飲み込み続けていると、心なしか巨乳の張りが和らいできたように思え、出も悪くなってきた。

ようやく口を離すと彼女を仰向けにさせ、竜児はのしかかりながら、もう片方の乳首を含み、夢中で新鮮な母乳を吸い出した。

さらに分泌を促すように膨らみを揉むと、

「アアッ……！」

明日香が顔を仰け反らせて喘ぎ、次第にうねうねと豊満な腰をよじらせはじめた。

このまま最後までいけるかも知れない、と竜児は期待に胸を高鳴らせた。

もし交わったら、母娘孫の三代にわたって深い仲になる。

しかも竜児は結婚以来、他の女性に触れるのはこれが初体験である。

左右の乳首を吸い、充分に母乳を吸い出して飲み込むと、徐々に明日香も落ち着いてきたようだ。

しかし胸の張りの痛みは和らいでも、どうやら淫気に火が点いたように、いつまでも彼女はきつく竜児の顔を胸に抱いて離さなかったのだ。

「じゃ、全部脱いじゃいましょう。締め付けは良くないでしょう」

彼はもっともらしいことを言い、明日香のスカートもソックスも脱がせはじめた。

ショーツを引き下ろしていくと、明日香も朦朧としながら腰を浮かせて彼の作業を手伝った。

そして乱れたブラウスとブラも脱がせ、一糸まとわぬ姿にすると、彼も手早く全裸になってしまった。

竜児は、身を投げ出した明日香の足裏に屈み込み、舌を這わせて指の間に鼻を押し付けて嗅いだ。昭和も令和も変わりなく、美女の指の股は汗と脂に湿り、ムレムレの匂いが濃く沁み付いていた。

竜児は充分に胸を満たしてから爪先にしゃぶり付き、順々に指の股にヌルッと舌を割り込ませて味わっていった。

5

「アアッ……、いけません、汚いから……」

明日香がビクリと反応して喘ぎ、唾液に濡れた爪先で竜児の舌を挟み付けた。

それでも拒むことはせず、彼も存分に両足とも、全ての指の股の味と匂いを貪り尽くしてしまった。

そして股を開かせ、脚の内側を舐め上げていった。

白くムッチリした内腿をたどって股間に迫ると、そこは熱気と湿り気が籠もり、はみ出した陰唇が露を宿して息づいていた。

茂みは程よい範囲にふんわりと煙り、指で陰唇を広げると、ヌメヌメと潤う膣口が襞を入り組ませて収縮していた。クリトリスは小指の先ぐらいの大きさで、光沢を放ちツンと突き立っている。

堪らずに顔を埋め込み、柔らかな茂みに鼻を擦りつけると、隅々には蒸れた汗の匂いがふっくらと籠もっていた。

あまり残尿臭が感じられないのは、やはりシャワー付きトイレを使用しているからなのだろう。

竜児は熱気で鼻腔を満たしながら舌を這わせ、淡い酸味のヌメリを掻き回し、息づく膣口からクリトリスまで味わうようにゆっくり舐め上げていった。

「アアッ……!」

明日香が熱く喘ぎ、内腿でキュッと彼の両頬を挟み付けてきた。

竜児は豊満な腰を抱えて押さえ、チロチロと舌先でクリトリスを弾いては、溢れる愛液をすすった。

もう彼女も、どこで何をしているかも分からないほど朦朧となり、ただ熱く喘いで身悶えるばかりだった。

やはり、相当に欲求も溜まっていたのだろう。

味と匂いを堪能すると、さらに明日香の両脚を浮かせ、白く豊かな尻に迫った。

指で谷間を広げると、出産で息んだ名残か、ピンクの肛門はレモンの先のように突き出て艶めかしく、彼は百合子を思い出したものだ。

鼻を埋めて嗅ぐと、蒸れた汗の匂いが籠もっているだけだった。

用を足すたび洗い流してしまうのだから無理もない。彼は昭和美女たちの生々しい肛門臭が懐かしかった。

それでも舌を這わせ、ヌルッと潜り込ませて滑らかな粘膜を探ると、

「ヒッ……、ダメ……」

明日香は激しく反応し、キュッと肛門で舌先を締め付けてきた。

令和美女でも、ここを舐められた経験がないのかも知れない。

竜児が中で舌を蠢かせると、ようやく甘苦い粘膜の味わいが感じられた。

そして舌を出し入れさせていると、鼻先の割れ目から母乳に似た、白っぽく濁った本気汁がトロトロと垂れてきたのだ。

ようやく脚を下ろすと、彼は再び割れ目に舌を這わせてヌメリを掬い取り、クリトリスに吸い付いた。

「あう……、い、入れて、お願い……」

明日香が呻き、ヒクヒクと白い下腹を波打たせてせがんだ。

ようやく竜児は股間から這い出して添い寝し、彼女の顔を股間へ押しやった。

「入れる前に、舐めて濡らして下さいね」

言うと明日香も素直に移動し、大股開きになった彼の股間に腹這いになった。

そして幹の裏側を舐め上げ、粘液の滲む尿道口と張りつめた亀頭を探ると、丸く開

いた口でスッポリと喉の奥まで呑み込んでくれた。

「ああ、気持ちいい……」

竜児は、温かく濡れた口腔に含まれて快感に喘いだ。

明日香も夢中になって吸い付き、熱い息を股間に籠もらせながら舌をからめた。

彼が快感に任せてズンズンと股間を突き上げると、

「ンン……」

喉の奥を突かれた明日香が小さく呻き、自分も顔を上下させ、濡れた口でスポスポと摩擦してくれた。

たちまち生温かな唾液にまみれた幹が震え、ジワジワと絶頂が迫ってきた。

この歳で射精するのは、どれぐらいぶりになるだろうか。しかし充分過ぎるほど勃起しているので、中折れの不安などはなかった。

それに貴美江と美穂に明日香と、三代にわたって交わっているのだから、きっと彼と彼女の血筋の相性は抜群に違いない。

「い、いきそう……、跨いで入れて下さい……」

竜児が仰向けのまま言うと、明日香もスポンと口を離し、身を起こして前進してきた。そして恐る恐る彼の股間に跨がり、幹に指を添えて先端に濡れた割れ目を押し当てきた。

位置を定めると息を詰め、明日香はゆっくり腰を沈めながらペニスを受け入れていった。

ヌルヌルッと根元まで嵌まり込むと彼女はピッタリと股間を密着させ、

「アアッ……、すごいわ……」

貴美江にも美穂にも似ている顔を仰け反らせ、キュッと締め付けながら喘いだ。

竜児も肉襞の摩擦と潤い、温もりと締め付けを味わいながら股間に美女の重みを受け止めた。

見ると巨乳が揺れ、濃く色づいた乳首からは、また新たな雫が滲んでいた。

「顔にお乳を搾って……」

言うと明日香も前屈みになり、胸を突き出してくれた。そして自ら両の乳首を指で摘み、搾り出してくれたのである。

白濁の乳汁がポタポタと滴り、彼は舌に受けた。さらに無数にある乳腺から霧状になったものが、顔じゅうに生ぬるく降りかかって甘ったるい匂いを放った。

「ああ、気持ちいい……」

竜児は喉を潤し、左右の乳首を交互に含んで吸い、両手でしがみついた。

そして膝を立てて豊満な尻を支え、ズンズンと股間を突き上げはじめると、

「ああ……、いい気持ち……」

明日香は身を重ねて喘ぎ、自分も腰を遣いはじめた。

下から唇を重ね、舌を潜り込ませると彼女もチュッと吸い付き、チロチロとからみつけてくれた。

突き上げるうち大量の愛液が溢れ、クチュクチュと音がして動きが滑らかになった。どうやら三代にわたって、愛液が多いようである。

「アア、いきそう……」

明日香が唾液の糸を引いて口を離し、熱く喘いだ。

開いた口に鼻を押し込んで熱気を嗅ぐと、何やら百合子に似た花粉臭が感じられ、悩ましく鼻腔が刺激された。股間はシャワー付きトイレで匂いが薄れても、吐息だけは艶めかしく濃厚だった。

「舐めて……」

高まりながら言うと明日香も大胆に舌を這わせ、ヌラヌラと彼の鼻の穴を舐め回してくれた。

さらに顔を彼女の口に押し付けると、母乳に濡れた顔じゅうまで舐めてくれ、竜児

は唾液と吐息の匂いに昇り詰めてしまった。

「い、いく……！」

十七歳当時とさして変わらぬ大きな快感に口走り、彼はありったけの熱いザーメンをドクンドクンと勢いよくほとばしらせた。

「す、すごいわ……、アアーッ……！」

奥に噴出を受け止めた途端、明日香もオルガスムスのスイッチが入ったように声を上げ、ガクガクと狂おしい痙攣を開始した。

竜児は、この歳でも充分過ぎる快感が得られたことに自信を持ち、心置きなく最後の一滴まで出し尽くしていった。

すっかり満足しながら徐々に突き上げを弱めていくと、

「ああ……」

明日香も満足げに声を洩らすと、熟れ肌の硬直を解いてグッタリともたれかかってきた。

まだ膣内は名残惜しげな収縮を繰り返し、刺激されるたび射精直後で過敏になった幹がヒクヒクと中で跳ね上がった。

「あう……、もうダメ……」

彼女も敏感になっているように呻き、キュッときつく締め上げてきた。竜児は美女の重みと温もりを全身に受け止め、悩ましい花粉臭の吐息を胸いっぱいに嗅ぎながら、うっとりと余韻を味わった。

(これからも、まだまだ出来るな……)

竜児は呼吸を整えながら思った。

あまり無理はしたくないが、これからバスルームでオシッコを飲ませてもらえば、もう一回できるかも知れない。

ギックリ腰の痛みもさして気にならなくなっているし、もう一度ぐらいなら明日香も応じてくれることだろう。

しかも明日香が、貴美江の孫で、美穂の娘なのだと思うと、思い入れも強く感じられた。

それにしても過去へのタイムスリップはどういう意味があったのだろう。あまりに平凡で味気ない人生を哀れんだ神が、与えてくれた悦びであろうか。

とにかく関わった誰もが幸せになってくれたようだし、貴美江も良い晩年だったのだろう。

それに、いつかまた過去に戻れるかも知れない。

和室の戸を開くときは、もう落ちないように注意しなければならない。

そこに駐車場があるか、高校時代の部屋があるか、開けて見なければ分からないだろう。

やがて呼吸を整えると、ノロノロと明日香が身を起こしはじめた。

「じゃ、バスルームへ行きましょうか」

竜児は言い、ティッシュの処理も省略し、彼女と一緒にベッドを降りてバスルームへ移動していったのだった。

＊本作品は書下しです。文中に登場する団体、個人、行為などはすべてフィクションであり、実在のものとは一切関係ありません。

◉新人作品**大募集**◉

マドンナメイト編集部では、意欲あふれる新人作品を常時募集しております。採用された作品は、本人通知のうえ当文庫より出版されることになります。

【応募要項】 未発表作品に限る。四〇〇字詰原稿用紙換算で三〇〇枚以上四〇〇枚以内。必ず梗概をお書き添えのうえ、名前・住所・電話番号を明記してお送り下さい。なお、採否にかかわらず原稿は返却いたしません。また、電話でのお問い合せはご遠慮下さい。

【送付先】 〒一〇一‐八四〇五 東京都千代田区神田三崎町二‐一八‐一一 マドンナ社編集部 新人作品募集係

先生《せんせい》は、保健室《ほけんしつ》で待《ま》っている。

二〇二四年二月十日 初版発行

著者◉睦月影郎【むつき・かげろう】

発行◉マドンナ社
発売◉二見書房
東京都千代田区神田三崎町二‐一八‐一一
電話 〇三‐三五一五‐二三一一（代表）
郵便振替 〇〇一七〇‐四‐二六三九

印刷◉株式会社堀内印刷所 製本◉株式会社村上製本所 落丁・乱丁本はお取替えいたします。定価は、カバーに表示してあります。

ISBN978-4-576-23154-9 ◉Printed in Japan ◉©K.Mutsuki 2024

Madonna Mate